Lucy Ellis
En la torre de marfil

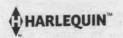

Editado por HARLEQUIN IBÉRICA, S.A.
Núñez de Balboa, 56
28001 Madrid

I.S.B.N.: 978-84-9010-864-2
Depósito legal: M-8390-2012
Editor responsable: Luis Pugni
Fotomecánica: M.T. Color & Diseño, S.L. Las Rozas (Madrid)
Impresión en Black print CPI (Barcelona)
Fecha impresion para Argentina: 19.11.12
Distribuidor exclusivo para España: LOGISTA
Distribuidor para México: CODIPLYRSA
Distribuidores para Argentina: interior, BERTRAN, S.A.C. Vélez
Sársfield, 1950. Cap. Fed./ Buenos Aires y Gran Buenos Aires,
VACCARO SÁNCHEZ y Cía, S.A.
Distribuidor para Chile: DISTRIBUIDORA ALFA, S.A.

Capítulo 1

ALEXEI Ranaevsky atravesó la luminosa sala de juntas para recoger el periódico que uno de sus empleados se había dejado sobre la mesa.

Había dejado muy claro que no quería ver nada relacionado con la tragedia de los Kulikov, pero, tras el mazado inicial que le había producido la noticia, se sentía más inclinado a lo que solo podía describirse como el circo que se había creado en torno a los tristes acontecimientos. Su máxima preocupación en aquellos momentos era desmantelar ese circo.

Ya tendría tiempo más tarde de llorar la pérdida de su amigo más íntimo.

La noticia había pasado ya a la tercera página. Había una fotografía de Leo y Anais en una carrera celebrada en Dubai. Leo reía, con la cabeza echada hacia atrás y el brazo rodeando la esbelta cintura de Anais. Una pareja perfecta. A su lado, estaba precisamente lo que Alexei no quería ver: una fotografía del amasijo de hierros en el que se había convertido el coche. El Aston Martin de 1967, el que Leo más apreciaba. La destrucción del vehículo era tal que los cuerpos de Leo y Anais no habían tenido oportunidad alguna.

El breve comentario que había bajo la fotografía hacía referencia a la belleza de Anais y al trabajo de Leo para las Naciones Unidas. Alexei lo leyó rápidamente y contuvo el aliento.

Konstantine Kulikov.

Kostya.

Aquel nombre hizo que la pesadilla en la que llevaba viviendo unos días se convirtiera en algo inmediato, real. Al menos, no había ninguna fotografía del niño. Leo había sido muy protector sobre la vida privada de su familia. Anais y él habían sido personajes muy populares para la prensa, pero su vida familiar había quedado completamente ajena para quien no perteneciera a su círculo. Aquello era algo que Alexei admiraba, dado que era una regla que él tenía también para su propia vida. Una cosa era la imagen pública del hombre y otra era la *familya*, la vida más íntima, una vida de la que Leo había formado parte.

–¡Alexei!

Él levantó la cabeza. Sus ojos no expresaban emoción alguna.

Durante un segundo, no pudo recordar el nombre de ella.

–Tara –dijo por fin.

Ella no pareció darse cuenta del tiempo que él tardó en responder. Su hermoso rostro le estaba reportando varios millones de dólares al año por anuncios de belleza en lugar de una carrera de actriz que no había conseguido despegar.

–Todo el mundo te está esperando, cariño –dijo mientras se acercaba a él y le quitaba el periódico de las manos–. No tienes que mirar esa basura. Tienes que recobrar la compostura y poner un rostro firme a esta debacle.

Todo lo que ella decía tenía sentido, pero algo, un mecanismo importante entre su cerebro y sus sentimientos, había saltado. Muchos dirían que él no tenía sentimientos, al menos no sentimientos reales. Ciertamente no había llorado por Leo y Anais. Sin embargo, estaba surgiendo en él algo que su cerebro no iba a ser capaz de controlar. Algo que tenía su origen en el nombre de aquel niño escrito con tinta de periódico.

Kostya.

Huérfano.

Solo.

La debacle de Tara.

—Que esperen —replicó él fríamente—. ¿Y qué diablos es lo que llevas puesto? No estamos en un cóctel. Es una reunión familiar.

Tara soltó una carcajada.

—¿Familiar? Por favor, esas personas no son familia tuya —comentó mientras extendía la mano y rodeaba con ella la cintura de Alexei—. Tú tienes tanto sentimiento familiar como un gato, Alexei —afirmó mientras le ofrecía unos jugosos y rojos labios. Al mismo tiempo, la mano viajaba hacia la parte delantera del pantalón que él llevaba puesto—. Un gato montés, grande y salvaje —añadió. La mano se acomodó a lo que allí encontró—. ¿Hoy no te apetece jugar, cariño?

Su cuerpo había empezado a responder, pero el sexo no estaba en su agenda para aquel día. No había estado en la agenda desde el lunes, cuando Carlo, su mano derecha, le había dado la noticia a primera hora de la mañana. Recordó que se encendió la luz y que Carlo decía en voz baja los detalles de lo ocurrido. Se había sentido muy solo en aquella cama tan grande a pesar de que Tara había estado a su lado, perdida para el mundo bajo el velo de las pastillas que tomaba para dormir. Un cuerpo.

Había estado solo.

«No quiero volver a tener relaciones sexuales con esta mujer».

Le agarró el brazo y suave pero firmemente la giró hacia la puerta.

–Ve tú –le dijo al oído–. Vete con ellos. No bebas demasiado y toma –añadió, entregándole el periódico–. Deshazte de él.

Tara tenía los años suficientes para saber que estaba experimentando en sus carnes el rechazo de Alexei. No había esperado sentirlo nunca o, al menos, no tan pronto.

–Danni tenía razón. Eres un perfecto canalla.

Alexei no tenía ni idea de quién era Danni ni le importaba. Solo quería que Tara se marchara de la sala. Y de su vida.

Quería deshacerse de muchas personas.

Quería recuperar el control.

Controlar la situación y, principalmente, a sí mismo.

–¿Cómo diablos vas a poder tú cuidar de un niño? –le gritó Tara mientras se dirigía hacia la puerta.

Control. Alexei se giró para contemplar la costa de Florida a través de los amplios ventanales. Empezaría haciendo lo que tenía quehacer. Hablaría con los que le esperaban en el exterior. Hablaría con Carlo. Y, sobre todo, hablaría con Kostya, un niño de dos años. Sin embargo, primero tenía que atravesar el Atlántico para poder hacerlo.

–El búho y el gatito se fueron a navegar en un precioso barco verde –canturreaba Maisy con el cuerpo arqueado sobre el niño que yacía tumbado en la cuna.

Ella llevaba cantando ya un rato, después de haber estado leyendo media hora, por lo que tenía la garganta seca y la voz sonaba algo ronca. Sin embargo, merecía la pena verlo así, tan tranquilo.

Se incorporó y examinó la habitación para comprobar que todo estaba en su lugar. Efectivamente, la habitación infantil seguía siendo un lugar seguro para el pequeño. Desgraciadamente, en el exterior todo había cambiado. Para siempre.

Salió de puntillas y cerró la puerta. El escucha bebés estaba encendido y sabía por experiencia que el niño dormiría hasta después de medianoche. Era su oportunidad de comer algo y dormir un poco. No había dormido mucho en los últimos días.

Dos plantas más abajo, en la cocina, Valerie, el ama de llaves de los Kulikov, le había dejado un plato de macarrones con queso en el frigorífico. Maisy se lo agradeció profundamente mientras lo metía en el microondas.

Aquella semana, Valerie había sido un regalo de Dios. Cuando llegó la noticia del accidente, Maisy estaba en su habitación, haciendo las maletas para unas vacaciones que debía empezar el martes siguiente. Recordaba haber colgado el teléfono y haber tenido que sentarse durante unos minutos sin que pudiera ocurrírsele qué era lo que iba a hacer a continuación. Entonces, llamó a Valerie y la vida recuperó el movimiento.

Las dos mujeres habían esperado que las familias de Leo y Anais se presentaran en la casa, pero la vivienda, en una tranquila plaza de Londres, había permanecido vacía. Valerie trabajaba sus horas y regresaba a su casa por las noches mientras que Maisy cuidaba del pequeño y esperaba temblorosa la súplica que aún no había escuchado. *Quiero a mi mamá*

Los reporteros llevaban dos días frente a la casa. Valerie tenía echadas las cortinas y Maisy solo había sacado a Kostya una vez al parque privado que había al otro lado de la calle. Llevaba trabajando para los Kulikov desde que nació Kostya y vivía en la casa con ellos. Leo y Anais viajaban mucho y Maisy estaba acostumbrada a estar sola con Kostya durante semanas. Sin embargo, aquella noche, la casa estaba demasiado silenciosa, demasiado vacía. Maisy se sobresaltó con el sonido del microondas. Sacó los macarrones con manos temblorosas.

«Venga», se dijo mientras llevaba la comida a la mesa. No se molestó en encender las luces. Aquella penumbra le resultaba reconfortante.

Debería tener hambre. Debería comer algo para tener fuerza, pero no hacía más que revolver la comida. Aún podía ver a Anais en la cocina hacía una semana, riéndose con un dibujo que Kostya había hecho sobre el suelo. Era una jirafa con la cabeza de su mamá. Anais medía casi un metro ochenta y tenía unas piernas larguísimas, que habían sido el centro de su carrera como modelo. Resultaba evidente cómo su hijo la había visto desde su corta estatura.

Maisy recordaba perfectamente la primera vez que vio a Anais. Maisy había sido la empollona bajita y regordeta a la que la directora había elegido para que explicara a la delgada y altísima Anais Parker-Stone las reglas de St. Bernice. Anais no había sabido entonces que Maisy estudiaba en aquel exclusivo colegio femenino gracias a un programa del gobierno para personas sin recursos. Cuando lo descubrió, la actitud de Anais no había cambiado. Si Maisy había sido arrinconada por su humilde origen, Anais lo había sido por su altura.

Durante dos años, las dos chicas habían sido muy amigas hasta que Anais dejó el colegio a los dieciséis para comenzar su carrera de modelo en Nueva York. Dos años más tarde, era famosa en todo el mundo.

A medida que Maisy fue madurando, fue perdiendo kilos, ganando cintura y más longitud en las piernas. Sus curvas se convirtieron en uno de sus mejores rasgos. Se marchó a la universidad, pero lo dejó al poco de empezar. Su único contacto con Anais había sido a través de las revistas en las que Anais aparecía. Cuando Maisy se encontró con ella en Harrods, Anais se puso muy contenta al verla. La había abrazado y se había puesto a saltar como una adolescente. Como una adolescente embarazada. Tres meses después, Maisy estaba en Lantern Square con un niño recién nacido en brazos y una Anais completamente abrumada, que no dejaba de llorar y amenazaba con matarse y que trataba de escapar de la casa en cuanto podía. Nadie le había explicado nunca que la maternidad no era algo temporal, sino que era algo para toda la vida.

Desgraciadamente, había resultado ser una vida muy corta. Maisy suspiró y dejó de fingir que iba a comer. Apartó el plato. Había llorado por su amiga. Había llorado por el pequeño Kostya. Había creído que aquellas lágrimas terminarían por secarse. Parecían haberlo hecho en aquel mismo instante.

Tenía una serie de consideraciones más urgentes.

Cualquier día, un abogado de los Kulikov, aunque más probablemente de los Parker-Stone, se presentaría en la casa. Alguien se llevaría a Kostya. Maisy no sabía nada de los Kulikov, aparte de que Leo era hijo único y que sus padres habían muerto. Sin embargo, recordaba a Arabella Parker-Stone, que había visto a su nieto en una ocasión, unos pocos días después del nacimiento del niño. Había sido una breve visita, en la que se produjeron duras palabras entre Anais y ella.

–La odio, la odio –había sollozado Anais después contra un cojín mientras Maisy tenía a Kostya en brazos.

Arabella había disgustado a todo el mundo. Sin embargo, la cabeza le había empezado a fallar y, en aquellos momentos, se encontraba en una residencia. Evidentemente, Kostya no iba a ir a vivir con su abuela.

Maisy no sabía si iba a poder entregarle a Kostya a un

desconocido. El día anterior se le había pasado por la cabeza secuestrar al pequeño. Le había parecido algo posible, pero, ¿cómo iba a conseguir salir adelante? No tenía trabajo y lo único que sabía hacer era cuidar de los enfermos, los ancianos y los niños. Su vocación era amar al niño que dormía dos pisos más arriba. Kostya se había convertido en su familia. Era suyo. De algún modo, encontraría la manera de quedarse con él. Seguramente, quien se hiciera cargo de él necesitaría una niñera... ¿Acaso no sería cruel separarlos?

Respiró profundamente y se apartó el cabello del rostro. Volvió a acercar el plato y, tras apoyar la cabeza sobre una mano, comió un poco de pasta.

Un movimiento, y no un sonido, la sacó de sus tristes pensamientos. Algo se movió a un lado y la hizo levantar la cabeza.

Había alguien en la casa.

Se quedó completamente inmóvil escuchando atentamente.

En aquel momento, dos hombres entraron en la cocina. Mientras ella trataba de sobreponerse, tres más bajaron rápidamente por las escaleras y otros dos entraron por la puerta del jardín. El hecho de que todos fueran ataviados con trajes no reconfortó en modo alguno a Maisy. La cuchara se le cayó de la mano y se levantó precipitadamente.

El más bajo de los hombres se dirigió hacia ella y le dijo:

—Ponga las manos detrás de la cabeza. Al suelo.

Un hombre más corpulento, más alto, más esbelto y más joven apartó al primero y le dijo algo bruscamente en un idioma extranjero.

Maisy contemplaba la escena boquiabierta. El shock de lo ocurrido le impedía reaccionar o gritar

–Inglés, Alexei Fedorovich –dijo otro de los hombres, de una altura y una corpulencia casi aterradoras.

«Dios santo, es la mafia rusa».

Aquel pensamiento histérico coincidió con el movimiento que el hombre más joven hizo hacia ella. El cuerpo de Maisy reaccionó por fin para protegerse. Agarró la silla y se la arrojó con todas sus fuerzas. Entonces, gritó.

Capítulo 2

ALEXEI –dijo una voz a su lado–, tal vez deberíamos esperar.

Alexei ni siquiera miró a Carlo Santini. Él no esperaba.

La vio inmediatamente, una figura inclinada sobre un plato de pasta, sentada en la oscuridad. Ella pareció presentir su presencia porque levantó la cabeza. Durante un instante, él se había visto abrumado por la vulnerabilidad que suavizaba los rasgos de aquella mujer mientras trababa de comprender qué era lo que ellos hacían allí. También le había dado la impresión de fragilidad y feminidad, a pesar de la ropa que llevaba puesta.

En el momento que más de sus hombres se habían presentado en la cocina, ella había reaccionado inesperadamente. Aquellos hombres lo protegían a él, pero ella no podía saberlo.

Después de arrojar una silla, se había metido debajo de la mesa. Alexei lanzó una maldición y apartó la mesa para sacarla y tomarla entre sus brazos. Ella demostró su terror comenzando a dar patadas y a revolverse contra él. Mejor con él que con un miembro de su equipo de seguridad, que se sentiría menos inclinado a ser amable con ella.

–No voy a hacerle daño –dijo–. Cálmese. Nadie desea hacerle daño.

Maisy levantó la cabeza y lo miró. Tenía los ojos azules, con largas pestañas. Eran muy hermosos. Sus pómulos eran afilados, muy propios de un hombre de origen eslavo. Evidentemente, llevaba varios días sin afeitarse, pero olía bien. El aroma de su colonia se mezclaba con otro olor más cálido, más masculino, más atrayente. Poco a poco, sintió menos deseos de luchar porque su sentido común le decía que, efectivamente, aquel hombre no quería hacerle daño. Además, sus sentidos estaban comenzando a verse sobrecargados con otros mensajes.

Alexei notó el cambio que se producía en ella. Esperaba a que él reaccionara de algún modo. De mala gana, la soltó.

—Habla con ella —dijo a uno de los que le acompañaban.

Maisy miró al otro hombre. Era más bajo, de más edad e iba impecablemente vestido. El hombre dio un paso al frente e inclinó la cabeza a modo de saludo.

—Buenas noches, *signorina*. Me disculpo por la intrusión. Mi nombre es Carlo. Trabajo para Alexei Ranaevsky.

Maisy giró la cabeza para mirar al más joven. El pulso comenzó a latirle alocadamente.

—Necesito saber dónde está el niño —afirmó.

Maisy sintió que su alocado pulso se detenía en seco. Sintió que el vello se le ponía de punta.

Al ver que ella no contestaba, Alexei perdió la paciencia.

—Voy a llevarme al hijo de Leonid Kulikov. Necesito que me muestre dónde está.

—No —replicó ella.

—¿No? ¿No? —repitió él con incredulidad.

—No voy a dejar que se acerque usted al hijo de los Kulikov. ¿Quién diablos se cree usted que es?

Aquella gatita parecía capaz de arañar. Muy a su pesar, Alexei sintió que su libido comenzaba a despertar.

–Soy Alexei Ranaevsky, su tutor legal.

La mirada de Maisy recorrió involuntariamente el ancho torso y hombros de Alexei Ranaevsky. Entonces, se prendió en su rostro. Tenía el cabello oscuro, rizado y muy corto. Su imagen era lo más cercano a la perfección que Maisy había podido contemplar nunca.

A pesar de que debería haberse sentido aliviada, se le hizo un nudo en el estómago.

Aparentemente, Alexei había dicho todo lo que iba a decirle porque se dio la vuelta y se dirigió a la escalera.

–¡Espere! –le gritó Maisy con ansiedad, pero no consiguió detenerlo.

Subió las escaleras corriendo detrás de él mientras le decía que no debía despertar a Kostya, pero él la ignoró completamente. Cuando él llegó a la planta en la que se encontraba la habitación del niño, ella se lanzó sobre él para detenerlo.

–Por favor, deténgase.

Alexei se detuvo al sentir que los brazos de aquella mujer le rodeaban la cintura y lo agarraban de la chaqueta. Ella tenía la respiración muy acelerada y algunos de los rizos de su cabello se habían soltado. Con aquel rubor que le cubría las mejillas, resultaba mucho más misteriosa de lo que le había parecido a primera vista. También, parecía estar muy preocupada.

–No voy a permitir que usted vea a Kostya hasta que me diga lo que está pasando.

–Ya sabe todo lo que tiene que saber –replicó él con una voz más fría aún que sus ojos–. Soy su tutor legal. Apártese.

–¿O qué? ¿Hará que me aparte uno de sus matones?

–le desafió Maisy. Se sentía furiosa por la actitud engreída de aquel hombre. Aquella no era su casa. Kostya no era su hijo. Y ella, ciertamente, no era un felpudo para que él pudiera pisarla.

–¿Cocina usted aquí? ¿Limpia? –le espetó él–. Porque, francamente, yo no explico mis actos a los sirvientes.

–Soy la niñera –replicó ella.

Él lanzó una maldición y la miró con suspicacia.

–¿Por qué diablos no lo ha dicho antes?

–No estaba segura de lo que estaba pasando. Quiero que me explique exactamente qué es lo que tiene intención de hacer –afirmó ella, irguiéndose todo lo que pudo para sacarle el máximo partido a su metro sesenta y cinco.

Sin embargo, él no parecía dispuesto a explicarle nada. Parecía más inclinado a zarandearla. De hecho, parecía como si no se pudiera creer que estuviera hablando con ella. Entonces, el llanto de un niño rompió el silencio.

–Konstantine.

–Kostya.

Los dos hablaron a la vez. Maisy lo desafió a apartarla, pero él dudó. No estaba seguro de lo que hacer con un niño de dos años que había empezado a llorar. Maisy aprovechó la oportunidad y entró en la habitación primero, aunque él la seguía muy de cerca. Entonces, dudó y se dio la vuelta. Su nariz rozó el amplio torso de él. El enorme cuerpo de Alexei se tensó y ella se acobardó. Tenía que dejar de tener contacto físico con él. Aquel hombre iba a pensar que le ocurría algo. A pesar de que dio rápidamente un paso atrás, un escalofrío le recorrió el cuerpo.

–Escuche –dijo mientras trataba de recuperar la compostura–. Quédese aquí. Si ve a un extraño, se va a asustar

–Está bien.

Maisy entró en la habitación, que estaba iluminada muy débilmente con una luz de acompañamiento que había cerca de la cuna. Kostya estaba de pie, con el rostro húmedo y enrojecido. Estaba llorando, pero dejó de hacerlo cuando vio lo que quería. Extendió los bracitos hacia Maisy. Ella se acercó rápidamente a la cuna.

–¡Maisy! –dijo claramente.

Ella lo sacó de la cuna con dificultad. Era un niño muy grande para su edad. Se sentó en el sillón y acunó al pequeño entre sus brazos.

Alexei entreabrió la puerta y los observó desde el umbral. No había esperado sentirse conmovido en modo alguno por ver a una mujer con un niño en brazos. Ella parecía sentirse cómoda con la situación de un modo que él sabía que jamás lo estaría con un niño tan pequeño. Suponía que el instinto maternal era algo innato para algunas mujeres, porque ciertamente no lo había sido para ninguna de las que él había conocido.

Este hecho era algo que él tenía en común con todas ellas. Nunca había sentido interés alguno por los hijos de sus amigos. De hecho, era el padrino de Konstantin y solo lo había visto en una ocasión: en el día de su bautismo en la iglesia ortodoxa rusa de Londres.

–No sabía que sería tan... pequeño –dijo en voz muy baja para no asustar al niño.

Maisy acarició la cabeza de Kostya cuando el niño se giró para ver quién había hablado. Maisy se dio cuenta de que aquella voz se parecía mucho a la de su padre. Tal vez era algo más profunda, pero con el mismo modo de pronunciar las palabras, lo que denotaba que el inglés no era su idioma materno.

–Papá –susurró el niño.

–No, no es papá –dijo Maisy, con un nudo en la garganta.

Alexei se acercó muy lentamente y se agachó al lado del sillón para que ni su altura ni su corpulencia asustaran al pequeño.

–Hola, Kostya. Soy tu padrino, Alexei Ranaevsky.

De repente, aquellas palabras hicieron recordar a Maisy. El padrino de Kostya. ¿Cómo había podido olvidarse? El día del bautizo de Kostya, ella había estado en cama con fiebre, pero la *au pair* le había descrito con todo detalle a Alexei Ranaevsky.

–Usted le dormirá y yo la esperaré fuera.

Aquella orden iba acompañada de una voz aterciopelada. A pesar de todo, Maisy se preguntó si Alexei Ranaevsky alguna vez pedía permiso para algo.

Cuando salió de la habitación, la casa parecía estar de nuevo vacía. El personal de seguridad de Alexei Ranaevsky parecía haberse evaporado, aunque ella dudaba que estuvieran muy lejos. Se detuvo en lo alto de la escalera para escuchar.

–Estoy aquí –dijo una voz desde el otro lado del pasillo.

Maisy siguió la voz hasta llegar a su propio dormitorio. Dudó antes de entrar. Alexei estaba junto a la ventana y parecía llenar la habitación con su presencia. En medio de aquella decoración tan femenina, parecía estar completamente fuera de lugar.

–Siéntese –le ordenó él.

–Preferiría permanecer de pie.

–He dicho que se siente.

Maisy se sentó en su cama.

Alexei se frotó la barbilla y se preguntó por qué, después de cuatro días de abstinencia y de un total desin-

terés en el sexo por primera vez en su vida adulta, su libido parecía haberse despertado en todo su apogeo en
el momento en el que su cuerpo había entrado en contacto con el de ella.

Aquella mujer no parecía tener cintura bajo aquel
enorme jersey de lana, pero Alexei recordó que sí tenía.
Del mismo modo, sabía que sus senos serían suaves y
redondos y que sus caderas y trasero se mostrarían ro-
tundos entre sus manos. Tenía el cabello mucho más
largo de lo que parecía dado que lo llevaba recogido.
Era largo y rizado. Hundiría las manos en aquella me-
lena cuando ella estuviera de rodillas ante él...

Estuvo a punto de gruñir de frustración. ¿Cómo podía
pensar en el sexo en aquella situación? Leo había muerto.
El hijo de Leo era su responsabilidad, una responsabilidad para toda una vida, y él se tomaba sus responsabilidades muy en serio. Sin embargo, el sexo con una mujer
de verdad, no una modelo o actriz maquillada, depilada
y muy arreglada... Además, ella no necesitaba nada de
aquello. Tenía una piel preciosa y aquel cabello...

De repente, ella se puso de pie.

—Señor Ranaevsky...

—Alexei, por favor.

—Alexei...

Ella respiró profundamente y Alexei comprendió que
estaba a punto de hacer un discurso. Eso no era bueno.

—No me he quedado con tu nombre.

—Maisy, Maisy Edmonds.

—Siéntate, Maisy.

—No. Necesito decir esto de pie. Es muy importante.
Quiero acompañar a Kostya. No sé cuáles son tus circunstancias ni lo que tienes organizado, pero quiero
quedarme con él hasta que esté a gusto. Y él no lo sabe
todavía. Cuando se lo digan, necesito estar presente.

Alexei frunció el ceño.

–¿No sabe que sus padres han muerto?

Maisy negó con la cabeza.

–No tenía intención alguna de dejarte aquí –añadió–. ¿Tienes el pasaporte en regla?

–Sí. ¿Por qué...?

–Haz las maletas. Nos vamos dentro de veinte minutos.

–Pero...

Alexei le dedicó una mirada casi ofendida.

–No tengo por costumbre explicarme a...

Maisy comprendió que se había interrumpido para no decir «a los empleados». Se mordió los labios para no responder.

Alexei comprendió su frustración, pero decidió que no era nada comparable a la de él. Tenía que salir de allí antes de que cometiera una estupidez. Momentáneamente, se había olvidado de quién era aquella mujer. Era una futura empleada y él no se acostaba con los que trabajaban para él. Se marchó de la habitación y bajó rápidamente la escalera para alertar a sus hombres del cambio que se había producido en la situación.

Maisy tardó veinte minutos en recoger las cosas que Kostya necesitaría para una semana. Asumió que podrían recoger el resto más adelante. Afortunadamente, ella no había deshecho la maleta que había preparado para marcharse a Francia hacía cinco días.

Decidió que antes de salir por la puerta se iba a dar una ducha.

En la planta de abajo, Alexei consultó su reloj por tercera vez. Media hora. No es que no estuviera acostumbrado a esperar a una mujer, pero Maisy Edmonds no era una cita y no tenía tiempo para aquello.

Jamás trataba personalmente con los empleados,

pero su libido le ardía de tal modo que lo empujaba a tenerla a su lado. Al menos, las chispas que saltaban de él lo mantenían despierto y funcionando.

La puerta del dormitorio estaba ligeramente abierta. La empujó esperando encontrarla rodeada de ropa. En vez de eso, se encontró con una mujer desnuda, envuelta en una pequeña toalla blanca, con unos rizos húmedos que le caían en cascada por la espalda.

El deseo se apoderó de él y borró todo pensamiento racional. Ella no protestó ni gritó, ni hizo ninguna de las cosas que una mujer escandalizada haría en una situación similar. Nada que hiciera que él se diera la vuelta y la dejara en paz. Se limitó a mirarlo con la boca abierta, aferrada a la toalla y con los ojos abiertos de par en par.

Él cruzó el espacio que los separaba, la agarró por una estrecha cintura y la pegó a su cuerpo medio arrancando la toalla al mismo tiempo. Oyó que ella lanzaba un sonido instantes antes de que le besara apasionadamente la boca, invadiendo con la lengua la dulzura que había en su interior. Ella se quedó rígida entre sus brazos, para luego agarrarle los bíceps y comenzar a empujarlo. Sin embargo, el resto de su cuerpo se mostraba dispuesto y manejable. Ella era todo lo que deseaba en aquel instante. Femenina, de curvas rotundas, suaves y cálidas. Podría hundirse en ella y olvidarse de todo lo que había ocurrido y de todo lo que iba a ocurrir.

Maisy apenas podía pensar. La sorpresa se había convertido en humillación al sentir que podía perder la toalla y de que, en cualquier momento, podría estar completamente desnuda en brazos de un desconocido. Aquel hombre la estaba besando con una pasión que iba más allá de la habilidad, como si su boca, su lengua y sus caricias estuvieran buscando algo en ella. De repente, Maisy se encontró respondiendo. La resistencia fue desapareciendo y se encontró acurrucándose contra él, buscando el refugio que el cuerpo de él le ofrecía, apoyándose en la fuerza que parecía emanar de él.

El corazón de Maisy latía sin control. Los brazos que la rodeaban eran demasiado poderosos, demasiado posesivos. Se opuso ligeramente, pero solo para que él se inclinara un poco más sobre ella. Sintió que él reía contra su boca. La había levantado y la tenía acorralada contra la puerta. Maisy sintió que la mano de Alexei comenzaba a recorrerle el interior del muslo. La agarró con fuerza y susurró:

–No.

La boca de él bajó hasta la base de su garganta y comenzó a lamérsela como si fuera un enorme felino. Su lengua era áspera, cálida y húmeda.

«Ay, Señor... No puedo hacer esto. No estoy lista para hacer esto...», pensó ella a pesar de que tenía el cuerpo ardiendo.

–Deja caer la toalla, Maisy –murmuró él con voz caliente contra su oreja. Le había puesto las manos sobre las caderas y había empezado a moverlas para sujetarle el trasero.

–No puedo...

De repente, todo terminó. Ocurrió en un instante. La boca desapareció, las manos se esfumaron y ella quedó apoyada contra la puerta del dormitorio, aferrándose a la toalla para cubrir su desnudez y mirando fijamente los ojos de un hombre que parecía atónito.

–Eso ha sido inexcusable. Estoy cansado y he cometido un error. Olvídate que ha ocurrido.

Los ojos castaños de Maisy le escocieron de rabia. ¿Un error? ¿Que olvidara que había ocurrido?

Alexei sabía que no estaba pensando como debía. La

muchacha lo miraba como si estuviera loco y no podía culparla. Había empezado algo que no podía terminar y la tensión que sentía en su cuerpo no iba a remitir pronto.

¿Qué diablos estaba haciendo allí? Tenía doce miembros de su seguridad en la casa, un coche esperando y un avión sobre el asfalto de Heathrow. Él, Alexei Ranaevsky, estaba retozando con la niñera en un dormitorio.

¡Con la niñera!

Alexei la miró fijamente.

–Tienes que apartarte para que yo pueda salir –le dijo–. Y, por amor de Dios, ponte algo de ropa.

Maisy se tensó, pero no se movió. Quería desesperadamente estar lejos de él, estar detrás de la puerta del cuarto de baño, pero sabía que en el momento en el que se apartara perdería su oportunidad

Probablemente ya lo había hecho. Parecía tan enojado con ella que seguramente había cambiado de opinión. No debería haber respondido. Debería haber recordado que Kostya era lo primero.

–¿Has cambiado de opinión sobre el hecho de que yo pueda acompañar a Kostya?

–No, no he cambiado de opinión –musitó él–. Que Dios me ayude, pero no he cambiado de opinión.

Ella pareció estar completamente perdida durante unos instantes. Alexei recordó la fuerza con la que había dicho no cuando le había pedido que dejara caer la toalla y cómo la mano le había impedido acceso al dulce lugar que ella tenía entre las piernas.

Sin embargo, ¿por qué había dejado la puerta entornada si no quería que él entrara?

El cinismo se apoderó de él. Miró con frustración a lo que ya no iba a tener y le espetó:

–Vístete. Tienes cinco minutos.

Maisy se marchó corriendo al cuarto de baño. Allí, cerró la puerta y se dejó caer sobre el suelo presa de la humillación. Se había sentido tan desinhibida, tan descontrolada... Había sentido el deseo en estado puro de Alexei y lo había igualado. La vergüenza se apoderó de ella. Aquello no era parte del trato que había acordado con Anais. El último regalo que podía darle a su amiga era asegurar el futuro de su hijo y, en vez de hacer eso, había estado a punto de acostarse con el padrino del niño, sin pensar en Kostya.

No tenía elección. Debía levantarse, lavarse el rostro, vestirse, bajar y enfrentarse con él, con aquel hombre volátil e impredecible que iba a convertirse en el padre de Kostya en todos los sentidos. Debía aprender a tratar con él.

Se llevó los dedos a los labios hinchados y se echó a temblar. Aquel beso... Aquel error... No debía volver a ocurrir nunca más.

Capítulo 3

E L NIÑO, el avión... y la niñera.

No. Debía cancelar aquel apelativo. La gata de cabello rojizo que se había acurrucado en su asiento fingía dormir.

Llamó a uno de los miembros de la tripulación, un joven llamado Leroy. Alexei ya no contrataba mujeres para su avión privado. Solían perder la concentración en su trabajo.

–Leroy –dijo–. Llévate a la señorita Edmonds. No la quiero dentro de mi campo de visión.

Leroy la miró un instante y volvió a mirar a su jefe. Alexei sabía lo que el hombre estaba pensando, pero que jamás se atrevería a decir, por lo que añadió:

–No está dormida. Está fingiendo.

Maisy apretó los dientes. Había escuchado todo lo que Alexei había dicho desde que se sentaron allí hacía una hora. Normalmente en ruso. No se había dirigido en modo alguno a ella. Era simplemente como si ella hubiera dejado de existir, pero, aparentemente, lo estaba distrayendo.

Levantó la cabeza cuando sintió que Leroy se acercaba.

–Señorita Edmonds...

–Lo sé –dijo Maisy con una resignada sonrisa.

Recogió la manta de angora con la que se había estado cubriendo y se levantó del lujoso asiento. Miró a

Alexei, que se había quitado la chaqueta y observaba atentamente su ordenador portátil. Él ni siquiera la miró.

–Ponga a la señorita Edmonds en una cama –dijo cuando ella pasaba a su lado.

Alexei oyó que Maisy daba las gracias débilmente con aquella voz tan dulce que tenía y su cuerpo se movió instintivamente hacia ella. Maldita sea... Aquel no era el momento ni el lugar para dejarse llevar por su repentina atracción por las pelirrojas de ojos suaves. Había tenido seis meses de sexo no especialmente satisfactorio con Tara. Demasiado tiempo. Aparentemente no para Tara, que, dos días después de que Alexei rompiera con ella, le había dicho a la prensa que seguían siendo buenos amigos. ¡Qué ironía! Alexei no tenía amigas y, si las tuviera, jamás elegiría a Tara para que lo fuera.

Maisy Edmonds iba a vivir en su casa. Y no era niñera. Ella le había mentido descaradamente, algo más a tener en cuenta. De algún modo, se había metido en la casa de Leo y había pasado a formar parte de la vida de Kostya. Así, Alexei había pasado a encontrarse en una situación tan complicada.

El sexo por el sexo no era de su agrado. Y jamás sin preservativo. Sin poder evitarlo, se preguntó si Leo...

Apartó aquel pensamiento porque de repente le había hecho sentirse muy enojado. Una imagen de Maisy Edmonds con una toalla, frotándose con varios hombres, se reflejó en su cansado cerebro, enojándolo aún más. Lanzó una maldición.

No iba a ocurrir, al menos no en los próximos días o semanas. Hacía muy poco tiempo de la muerte de Leo y, lo más importante de todo era su hijo.

Kostya se había mostrado inesperadamente animado en la primera parte del viaje, pero en aquellos momentos se encontraba dormido. Envidiaba al niño por aquella facultad, que seguramente él mismo había poseído cuando era niño, durante una infancia endurecida por la falta de cuidados y las penalidades. Casi nunca dormía ocho horas y los últimos días ni siquiera eso.

Con la gata ya en la cama, podría centrarse en la pantalla de su ordenador. No había buenas noticias. Las acciones que tenía en Kulcor no estaban reportando beneficios, pero se trataba de la herencia de Kostya y tenía que aguantar. Era lo que Leo habría esperado de él.

Al hijo de Leo jamás le faltaría nada. Él se aseguraría de ello.

Una cama. No *la* cama, la del único dormitorio que había en el avión, sino *una* cama. Una de tres. ¿Qué clase de hombre tenía tres dormitorios en un avión?

Se sentó en la suntuosa cama y miró a su alrededor. Todo era lujo en paredes y muebles. Acarició suavemente la sedosa colcha. No creía que él hubiera elegido la decoración del avión, pero sí podía imaginárselo en aquella cama. Su mente comenzó a vagar mientras se acomodaba entre las lujosas sábanas y se lo imaginó acostándose allí con ella. En la fantasía, ella no lo detenía. Se mostraba segura de sí misma e incluso sexualmente agresiva. Una parte de su ser quería detener aquella ensoñación porque sabía que no era saludable. Jamás sería capaz de llevarla a cabo. Además, seguramente a él no le apetecería. Sin embargo, una parte más oscura de su ser permitía que él siguiera besándola con pasión y permitía la mano en la parte interior del muslo. Se movió en la cama, consciente de que se estaba excitando, lo que tan solo conseguía empeorar las cosas.

Aquello no era propio de ella. No fantaseaba con hombres hasta excitarse de aquel modo aunque, en realidad, no había tenido tiempo de tener fantasías y mucho menos de tener una vida sexual activa con un bebé. Ni siquiera estaba acostumbrada a viajar en avión. Ella siempre se quedaba en casa. Había ido en varias ocasiones con los Kulikov a la casa que ellos tenían en París, pero poco más. El trato había sido que ella tendría dos días libres a la semana, pero la realidad de un niño y sus necesidades prácticamente habían convertido a Maisy en la madre de un recién nacido. La única vida normal que había tenido habían sido los pocos meses antes de que Anais diera a luz.

Durante algunos meses, Maisy había llevado la vida de cualquier otra muchacha de veintiún años en Londres. Tenía tiempo de salir de compras y a bailar hasta el amanecer. Incluso había tenido novio. Dan se había mostrado atento con ella.

Al cabo de un tiempo, Maisy decidió por fin acostarse con él. Parecía lo más lógico para hacer avanzar la relación, pero fue más bien todo lo contrario. Recordaba haber estado tumbada en la cama, mirando las grietas del techo mientras Dan se abría paso en su cuerpo virgen. La experiencia había sido rápida y dolorosa. Se le quitaron las ganas de repetirla con él, lo que le llevó a pensar que había cometido un error. Unos días más tarde, ella decidió terminar la relación mientras tomaban un café. El hecho de que él no pareciera estar demasiado molesto le hizo preguntarse si ella sería la única chica en su vida.

A las pocas semanas, Anais dio a luz y la vida de Maisy dio un cambio radical. A partir de ese momento, se había convertido en la madre de un exigente bebé.

Habría sido imposible que Alexei comprendiera las complejidades de su relación con Anais la noche anterior. Probablemente, se habría sentido menos inclinado a llevársela. Su papel como amiga de Anais resultaba poco convincente. No. La palabra *niñera* sonaba sensata, profesional y útil.

Lo ocurrido la noche anterior no tenía ningún sentido para ella. Alexei debía de haber leído señales en su comportamiento. Con un profundo sentimiento de culpabilidad, recordó cómo se lo había comido con los ojos. Ella era menos irresistible para él. Había sido Alexei quien había detenido lo ocurrido y lo había atribuido a un error.

Resultaba evidente que estaba agotado. Las profundas ojeras bajo sus hermosos ojos lo delataban. Tal vez había sido un cuerpo femenino disponible. Y efectivamente, muy a su pesar, había estado dispuesta. Jamás había sentido aquella inmediata atracción en toda su vida. Aún no podía mirarlo sin querer tocarlo, sin ansiar sentir aquel fuerte cuerpo contra el suyo...

Se puso de espaldas y miró el techo. Desgraciadamente, era el hombre equivocado, igual que ella era la mujer inadecuada para él. La niñera.

Estaba empezando a amanecer sobre Nápoles cuando aterrizaron. Maisy jamás había viajado en avión privado y las limusinas que esperaban para recogerlos la dejaron atónita.

Alexei Ranaevsky era verdaderamente rico.

Sin embargo, no iba a acompañarlos.

En la primera limusina, viajaron Kostya y Maisy. Ella consiguió reunir el valor necesario para preguntarle a Carlo, que viajaba también con ellos, por qué no.

—Va a tomar un helicóptero para marcharse a Roma —replicó—. Londres ha retrasado varias reuniones importantes.

Carlo se refería a la visita de Alexei a Lantern Square. Sin poder evitarlo, Maisy sintió un gran enfado hacia

Carlo y Alexei. Kostya no era un retraso para nadie, sino solamente un niño pequeño que había perdido a sus padres. No creía que Alexei no hiciera eso y más para ir a acoger al niño.

Carlo la miró algo pensativo.

—No te preocupes, *bella*. Regresará. Te cansarás de verlo.

Maisy se tensó ante la familiaridad que suponía la palabra *bella* y sus implicaciones. De repente, ella se preguntó si Alexei habría hablado con Carlo y le habría contado lo ocurrido entre ellos. No podía soportar pensarlo. Apretó los puños y todo su cuerpo se puso en estado de alerta.

Entonces, giró la cabeza hacia la ventana y no dijo ni una palabra más.

Así que allí era donde él vivía.

Villa Vista Mare, con su fachada del siglo XVI, contaba con un interior moderno, con cristal por todas partes y brillantes superficies blancas. Era como entrar en el futuro. Maisy, que estaba acostumbrada al elegante desorden de la mansión de Lantern Square y la cálida comodidad de la residencia de los Kulikov en la Île de la Cité de París, se sintió algo turbada por tanta modernidad y el dinero que se habría necesitado para conseguirla. Allí era donde se iba a desarrollar la vida de Kostya a partir de entonces. En un lugar con estilo, dinero y glamour, pero que no parecía extender los brazos y acoger a sus habitantes con la calidez propia de un hogar.

Siete días más tarde, Maisy seguía esforzándose para acomodar allí a Kostya. No podía encontrar fallo alguno a la habitación infantil. Tal y como había esperado, no le faltaba detalle.

Todas las personas que vivían en la casa adoraban a Kostya. Maria, el ama de llaves, una hermosa mujer de unos cincuenta años, se volvía loca con él. Sin embargo, toda las mañanas Maisy se despertaba con la esperanza de que Alexei llegara aquel día a la casa y todos los días terminaba desilusionada. No comprendía aquel comportamiento. Había hablado claramente de la responsabilidad que sentía hacia Kostya, pero sus actos dejaban muy claro el lugar que ocupaba el niño en su vida.

Dentro del recinto de la habitación de Kostya, había otro dormitorio. Era práctico y tenía una vista de la pared del patio. Maisy trataba de no pasar demasiado tiempo allí y tan solo iba a dormir, lo que hacía bastante. Alexei había contratado a una persona para que se ocupara del niño por las noches, lo que significó que Maisy pudo dormir durante la noche por primera vez desde que Kostya nació. Seis noches de sueño ininterrumpido y se sentía cien años más joven.

Todos los días bajaba con Kostya a la playa por las mañanas y leía libros en la terraza por las partes mientras él dormía su siesta. Por las noches, le habría gustado cenar con Maria, pero el ama de llaves solía marcharse a las siete, después de dejarle la cena preparada. El resto de los empleados parecían invisibles. Era como si estuviera viviendo en un hotel ella sola.

En el séptimo día, le preguntó a Maria si podría disponer de un coche para bajar a la ciudad.

—No quiero nada especial —se apresuró a añadir—. Solo un vehículo sencillo en el que pueda moverme.

Maria se echó a reír.

—Puedes tomar el mío prestado, Maisy. Está asegurado y tiene una silla para bebés en el asiento trasero. Yo la uso para mi nieta.

Encantada ante la perspectiva de salir de la casa, Maisy salió corriendo escaleras arriba para cambiarse de ropa. Se quitó la camiseta y los pantalones cortos que llevaba puestos y se puso un vestido de flores verdes y rosas que había comprado para el viaje a París que nunca realizó. Tenía un escote modesto y le llegaba por encima de las rodillas, pero dejaba toda la espalda al descubierto. Se soltó el cabello y se sacudió los rizos para peinarse.

Inmediatamente después, preparó a Kostya y lo sentó en el coche. Después, arrancó y tras despedirse muy alegremente de Maria, se marchó de la casa para tomar la carretera que la iba a conducir a Ravello.

Tenía algunos asuntos específicos de los que ocuparse, como organizar fondos de la cuenta que tenía en Inglaterra, comprar un sombrero más adecuado para proteger a Kostya del sol italiano y comprar algunos libros de lectura. Sin embargo, la belleza de la ciudad era tal que no pudo evitar verse atraída por ella.

Tras comprar un *gelatto* para Kostya y para ella, vio un salón de belleza. La cálida brisa acarició sus piernas desnudas y le recordó que necesitaba desesperadamente depilarse a la cera. Kostya se entretuvo con su helado y sus juguetes mientras a ella le hacían la cera y le cortaban un poco el cabello y se lo secaban. Cuando salió, se sentía infinitamente más atractiva de lo que se sentía al entrar. Sentó a Kostya en su sillita y se dirigió a un parque que había visto al final de la calle. Varios coches aminoraron la marcha al pasar a su lado y un grupo de chicos le dijo algo en italiano. Maisy no comprendió nada, pero resultaba evidente de que se trataba de un piropo. Un bonito vestido y el cabello arreglado y, de repente, resultaba atractiva para los hombres.

–No seas tú tan tonto cuando crezcas, Kostya –le dijo al niño mientras le revolvía el cabello.

El sonido de unos neumáticos que frenaban en seco le hizo levantar la mirada. Un coche deportivo había parado a su lado. Maisy se quedó helada.

–Entra en el coche.

Alexei.

Estaba agarrado al volante. Sus ojos azules quedaban ocultos bajo unas gafas de sol. Tenía el aspecto de lo que realmente era, un hombre frío, duro y muy masculino.

Ella necesitaba aparentar la misma frialdad. No podía dejar que él viera que estaba contenta o enfadada por el hecho de que hubiera tardado siete días en presentarse. No le resultó fácil porque cualquier mujer se habría metido de un salto en el coche sin pensárselo.

–Vamos al parque. Se lo he prometido a Kostya.

Para incredulidad de Alexei, se giró de nuevo hacia la sillita y siguió andando. Él aparcó el coche inmediatamente y corrió tras ella. Cuando Maria le dijo que Maisy había salido de la casa con el niño, se había sentido muy enojado de que su equipo de seguridad no hubiera sido alertado. Al enterarse de que se había llevado el viejo coche de Maria, su ira se acrecentó aún más. Las curvas de la carretera eran muy peligrosas si no se conocía el camino. Sin embargo, fue el hecho de verla con aquel vestido de flores, los brazos y piernas al descubierto y los rizos cayéndole en cascada por la espalda para admiración de los hombres de la ciudad lo que le había hecho perder el control.

Maisy no sabía si él se iba a marchar o iba a seguirlos al parque. Lo que jamás habría esperado fue que él la agarrara del codo y le hiciera girarse como si fuera una muñeca. Se había olvidado de lo corpulento que era. La anchura de sus hombros y su musculatura quedaban destacados por una camiseta de color verde oliva. La proximidad de su cuerpo ejerció en ella el mismo efecto que había producido en Londres.

–¿Qué diablos te crees que estás haciendo? –le espetó él.

–Voy a ir al parque –respondió ella mientras trataba de soltarse el brazo sin conseguirlo–. Por el amor de Dios, suéltame. No comprendo por qué estás tan enfadado.

Al notar que efectivamente la estaba apretando demasiado, la soltó. Se había imaginado que podría tratar con ella en una breve entrevista en la casa. Contarle lo que había descubierto su investigador privado, contarle las condiciones para que pudiera quedarse con Kostya hasta que el niño estuviera instalado y luego ignorarla. Se le había dado bien ignorarla, al menos durante seis días y siete noches. Largas noches a excepción de las dieciséis horas que había dormido bajo el efecto de un sedante.

No estaba acostumbrado a estar sin una mujer en su cama. Resultaba agradable tener la cama vacía, pero Maisy Edmonds había estado a su lado en sus sueños todas las noches, con sus rizos rojizos, su atractivo trasero y el sabor de sus labios. Y los lugares en los que había imaginado aquella boca... Verla allí, sin maquillar, con un aspecto suave e inocente, le hacía sentirse como un bruto obsesionado por el sexo.

–¡Deja en paz a mi Maisy! –exclamó Kostya, que se había puesto de pie en la sillita tras conseguir desabrocharse el cinturón.

Alexei se quedó asombrado por la reacción del niño y se agachó inmediatamente.

–No quería molestar a Maisy. Yo también soy su amigo. He venido para llevaros a los dos a casa.

–No queremos ir a casa. Queremos estar de vacaciones.

–La casa también es estar de vacaciones –explicó Maisy sin dejar de mirar a Alexei, como si estuviera esperando su reacción.

Alexei volvió a incorporarse y extendió los brazos al niño.

–Vamos, hombrecito. ¿Qué te parece que te lleve yo un ratito?

Kostya miró a Maisy y esta, tras dudarlo un instante, asintió. Ella contuvo el aliento mientras Alexei tomaba al niño en brazos con seguridad y se lo acomodaba. El pequeño se relajó inmediatamente.

Maisy aprovechó aquel instante para observarlo mejor. Alexei llevaba unos vaqueros que se le ceñían al cuerpo como si fueran una segunda piel. Le daban un aspecto más joven y, por primera vez, ella se dio cuenta de que él era tan solo unos años mayor que ella. No podía tener más de treinta años y resultaba asombroso la vida que llevaba y el poder que ostentaba. Se sintió de repente muy fuera de lugar, pero tenía que luchar por el bienestar de Kostya y eso le dio el empujón que necesitaba.

–¿Dónde has estado los últimos siete días? –le preguntó antes de que pudiera contenerse.

–¿Acaso importa? –replicó él encogiéndose de hombros–. Ahora estoy aquí.

–¿Y cuándo tiempo vas a quedarse? –quiso saber ella mientras reanudaban el paseo.

–He decidido pasar tres días aquí –comentó él con un aire de magnanimidad que dejó a Maisy sin aliento.

–Tres días no es mucho –dijo.

–Es lo único que puedo ofrecer –concluyó Alexei, sin dar opción a más preguntas sobre aquel tema–.

Ahora, me gustaría que me explicaras por qué has tomado prestado el coche de Maria y has decidido venir a la ciudad aunque resulta muy peligroso –añadió. Se echó las gafas hacia atrás y dejó al descubierto aquellos maravillosos ojos, tan intensos como recordaba.

–No es peligroso. Soy buena conductora y tengo mucho cuidado. Me gustaría ver si tú podrías estar metido en un lugar durante siete días completos.

–¿Estabas aburrida, *dushka*?

Maisy se quedó sorprendida por la sonrisa que él le dedicó y el tono íntimo de la pregunta.

–No exactamente aburrida –respondió mientras se preguntaba lo sincera que debía ser.

«Tu casa está llena de personas que no me hablan. Maria y la niñera que viene por la noche me han quitado muchas de mis funciones. Solo tengo veintitrés años y llevaba días sintiéndome como si me hubieran emparedado viva».

–Solo quería hacer turismo. Conocer la zona.

–Sí, ya te vi cómo conocías la zona. La mitad de la población masculina de Ravello se me va a plantar en la puerta de mi casa.

–No es culpa mía si los italianos aprecian a las mujeres –replicó ella–. Yo sinceramente no he requerido su atención.

–Ese vestido la requiere –dijo él. El tono de su voz era normal, pero Maisy notó la censura que contenía su voz.

–¿Estás sugiriendo que estoy tratando de ligar con alguien? –le desafió ella.

–Soy el tutor de Kostya –le espetó él con voz seca–. Espero que te comportes como una dama y que no te exhibas.

Maisy no sabía qué decir. ¿De qué manera se había

exhibido ella? ¿Qué tenía de malo bajar a la ciudad a pasar el día? ¿Qué tenía de malo su vestido? No pudo evitar recordarse tan solo cubierta por una toalla ante él, asombrada por su presencia. ¿Cuál era la impresión que Alexei tenía de ella? ¿La de una mujer que se exhibía ante los desconocidos para conseguir sexo? El pensamiento le produjo una enorme angustia.

La verdad no era mucho mejor ni tampoco era justa. Era él. Era Alexei quien le había hecho responder de un modo tan desinhibido. ¿Cómo podía explicar aquello sin hacer aún más el ridículo?

Kostya se había acomodado sobre el hombro de Alexi para admirar el paisaje desde aquella altura. Parecía tan cómodo que Maisy se sintió aún peor.

Tenía que librarse de aquella estúpida atracción. No era justo para Kostya ni para ella misma.

–Te has quedado muy callada.

–Lo siento. No sabía que tenía que entretenerte. No quisiera que se me acusara de exhibirme –replicó. Se quedó asombrada por el tono de amargura que había acompañado su voz.

Alexei la miró de arriba abajo de un modo demasiado íntimo.

–Puedes tener vida social aquí, Maisy. Simplemente no quiero que lleves hombres a mi casa.

–¿Qué hombres? –replicó ella–. Los únicos hombres que he visto en los últimos siete días han ido vestidos de uniforme y casi no se han molestado ni en darme la hora.

–Y por eso has tenido que salir a darte una vueltecita –dijo él.

–Creo que ya has dejado muy claro la opinión tan baja que tienes de mí. No creo que debiera tener que defenderme cuando no he hecho nada malo.

De repente, Alexei se sintió como un imbécil. Sabía que estaba siendo demasiado duro con ella, pero Maisy lo había provocado. Resultaba encantadora incluso vestida con un saco de patatas, por lo que nunca podría evitar que los hombres la miraran. ¿Por qué le molestaba tanto eso?

«Porque la deseas y, si te sale mal, tendrás que quedarte con ella», le dijo una voz fría y cínica.

El niño que llevaba en brazos le recordó el mucho cuidado que debía tener.

—Creo que deberíamos regresar —dijo—. El niño se ha dormido.

Maisy no respondió. Se limitó a hacer girar la silla y a dirigirse de nuevo por donde habían bajado.

A Alexei se le ocurrió que ella se estaba comportando como una amiga y no como la niñera. Y él no tenía experiencia alguna con amigas.

Alexei los llevó de vuelta a la villa en su potente deportivo. Uno de sus empleados iría a recoger más tarde el coche de Maria.

En el interior del coche reinaba un tenso silencio que estaba poniendo a Maisy muy nerviosa. Respiró profundamente y observó el duro perfil de Alexi mientras se concentraba en la carretera. Una inocente salida a la ciudad había sido convertida en un ejercicio de seducción por su parte. Evidentemente, él estaba dispuesto a creer lo peor de ella porque sería más fácil librarse de ella cuando llegara el momento.

«Haga lo que haga, no me va a servir de nada porque él ya ha decidido que soy una juerguista», pensó. La idea era tan descabellada que soltó una carcajada.

—¿Qué pasa? —preguntó él.

Maisy miró por encima del hombro y vio que Kostya seguía profundamente dormido.

–Simplemente estaba pensando que si todos los hombres de Ravello están locos por mí, voy a necesitar algunas tardes libres para poder salir con todos. ¿Qué te parece los viernes y los sábados?

Había sido un comentario estúpido, pero quería demostrarle lo ridículas que eran las ideas que tenía sobre ella. Sin embargo, no tardó en darse cuenta de que sus palabras habían sido un error.

El coche se detuvo a un lado de la carretera. Alexei se quitó el cinturón de seguridad y miró hacia el asiento de atrás. Maisy se encogió hacia la puerta. De repente, tuvo miedo de lo que sus palabras pudieran haber provocado.

–¿Qué... qué estás haciendo?

–Necesito hacer una llamada –respondió sin mirarla. Entonces, abrió la puerta y salió del coche.

Se colocó las manos en la nuca y comenzó a caminar para quemar su frustración. Ella era una mujer muy joven y muy provocadora. Estaba defendiéndose porque él la había ofendido. No quería provocarlo, pero lo había hecho. Alexei no podía conducir con seguridad hasta que se hubiera calmado.

Recordó que él había comenzado a hablar de todos los hombres de Ravello. Evidentemente, Maisy no era más promiscua de lo que lo era él. Sin embargo... Recordó imágenes que jamás podría olvidar. Los clientes de su madre, sórdidos y aterradores para el niño que había sido... Miró hacia el coche y vio el cabello rojo de Maisy. Respiró profundamente. Ella no era su madre. Era una mujer diferente. No había nada más natural que su deseo de llevársela a la cama.

Maisy lo observaba desde el coche por el retrovisor.

Entonces, se cubrió el rostro con las manos y se maldijo por haber pronunciado aquellas palabras. Era solo una broma, pero parecía que a Alexei no le gustaban las bromas. La situación se le estaba escapando de las manos.

Oyó que la puerta se abría y notó que él se subía al coche. Cuando giró la cabeza, vio que Alexei la estaba observando con una extraña expresión en el rostro. Era demasiado tarde para ocultar su rubor.

—No has tardado mucho —dijo.

—Decidí que no necesitaba hacer la llamada —replicó él con una sonrisa mientras volvía a arrancar el coche—. Tal vez tú deberías reconsiderar eso de todos los hombres de Ravello, Maisy. Me da la sensación de que vas a estar bastante ocupada.

—¿Con Kostya? —preguntó ella.

—No —respondió Alexei mientras conducía de nuevo el coche a la carretera y aceleraba ligeramente—. Va a ser conmigo.

Capítulo 4

CUANDO por fin llegaron a la mansión, Maisy estaba hecha un manojo de nervios. Alexei, por el contrario, parecía haber recuperado toda su energía. Ya había sacado a Kostya del coche y lo llevaba al interior de la casa en su sillita dejando a Maisy en el coche completamente anonadada.

Casi no podía creer lo que había ocurrido. Alexei tenía que estar bromeando. No podía estar sugiriendo lo que parecía que estaba sugiriendo. Repasó las palabras que él había pronunciado una y otra vez en la cama mientras se marchaba a su habitación y se daba una ducha en su modesto cuarto de baño para refrescarse.

Aquella atracción sexual resultaba inapropiada y peligrosa. La situación podía escapar a su control si no la manejaba adecuadamente. Necesitaba bajar el tono, desviar su atención de algún modo. El problema era que le gustaba tener la aprobación de Alexei, le gustaba la chispa que en ocasiones le aparecía en los ojos. Como mujer, ardía cada vez que él la miraba.

Su imagen en el espejo la turbaba. Tenía la piel tensa, caliente y unos ojos más oscuros que nunca. Su cuerpo estaba enviando mensajes que le resultaba difícil ignorar.

Frustrada consigo misma, se puso un jersey de punto y sus vaqueros favoritos. No resultaban descarados, pero se le ceñían en los lugares adecuados. Se dijo que no había nada de malo en disfrutar con la atención de un hombre. Tan solo necesitaba mantener todo dentro de un límite.

Oyó a Kostya antes de que llegara a su lado. Alexei estaba tumbado en el suelo con el niño en el cuarto de juegos. Al verlos, Maisy dudó. Estaban realizando construcciones con bloques y cada vez que Alexei conseguía apilar ocho, Kostya se los tiraba al suelo con un grito de alegría.

—No puedo ganar —dijo él con voz alegre—. Evidentemente, este niño tiene mucha experiencia en la demolición. Tal vez debería darle un trabajo.

Maisy entró en el cuarto. Nunca lo había visto tan relajado y el cambio era espectacular.

Mientras Kostya recogía los bloques, Alexei examinó a Maisy. El jersey de punto se le ceñía suavemente a los redondos pechos y se le ajustaba sobre las caderas. Tenía la forma de un reloj de arena, algo que no había apreciado demasiado hasta aquel momento. Si rodeaba la estrecha cintura con ambas manos, estaba seguro de que sus dedos se tocarían. Los vaqueros eran como una segunda piel.

Maisy exudaba una feminidad que exaltaba profundamente su testosterona y borraba todo pensamiento sensato que él pudiera tener. Aquellas curvas convertían en una pesadilla todas las afiladas caderas que él había acariciado.

Solo podía pensar una cosa. ¿Dónde había estado aquella mujer toda su vida? Se agachó para apartar los rizos de los ojos de Kostya.

—El lunes hablé con un psicólogo infantil —comentó él.

—Tal vez podamos hablar de ello más tarde. Puede que Kostya sea pequeño, pero tiene buenas antenas. Además, ha llegado la hora de darse el baño, de leer un cuento y de marcharse a la cama.

–Eso lo puedo hacer yo –afirmó Alexei. Se puso de pie y tomó a Kostya en brazos. El niño comenzó a gritar de excitación.

–No, no, lo vas a estimular demasiado...

Alexei la miró y pensó que eso de estimular demasiado estaba en el aire. Era tan sexy... Trató de no fijarse en la hermosa boca y se limitó a seguirla a la habitación del niño. No pudo evitar admirar el movimiento del trasero, sabiendo que iba a terminar aquella noche con las manos sobre él y los gloriosos rizos de Maisy extendidos sobre la almohada. Aquella certeza lo acompañó durante toda la rutina de Kostya para marcharse a la cama. Maisy no hacía más que mirarlo cuando se creía que él no se daba cuenta. Alexei sabía leer muy bien la excitación sexual de una mujer y era capaz de sentir la de Maisy hasta los mismísimos huesos. Solo necesitaba que él la empujara en la dirección adecuada.

–¿Vas a cenar conmigo? –le preguntó mientras ella le colocaba el pañal a Kostya.

–¿Es una excusa para marcharte de aquí y no echarme una mano?

–Te aseguro que puedo poner un pañal.

–La cuestión es si lo harás en el futuro o si vas a contratar a una docena de personas para que se ocupen de ello en tu lugar.

La crítica dio en el blanco. Maisy se alegró al comprobar que él se tensaba. Mostraba que él comprendía lo que Kostya necesitaba. El hecho de que estuviera allí en aquellos momentos, ayudándola, había servido mucho para tranquilizar sus temores. También había conseguido no tocarlo, ni mirarlo ni decir nada que pudiera ser malinterpretado. De hecho, se había comportado como un ser completamente asexual.

Perfecto.

–¿Cenamos juntos, Maisy?

–Normalmente ceno en el comedor a las siete –dijo ella–. ¿Te reunirás conmigo entonces?

Alexei la miró con incredulidad y diversión a la vez.

–Creo que podemos hacer algo mejor que eso, *dushka*.

La cena.

Maisy se cubrió el rostro con las manos. Iba a acostarse con él. Tal vez. Estaba bien ser claro sobre ciertas cosas. No pensaría sobre la semana próxima ni sobre el mes siguiente ni el año posterior. Iría por todas sin importarle las consecuencias. Otras mujeres lo hacían constantemente.

Ella era una chica moderna. Sabía lo que las chicas modernas hacían...

Se estaba engañando.

Lanzó un gruñido y se dejó caer sobre la cama. A su lado estaban los dos atuendos sobre los que no podía tomar una decisión. Su único vestido de cóctel parecía demasiado formal. No resultaba adecuado.

El vestido blanco sin tirantes era en realidad para llevar durante el día, pero lo podría adornar un poco más con un collar, un poco de maquillaje y un peinado un poco más especial. El corpiño llevaba ballenas y hacía el efecto de un sujetador. Más o menos.

Se maquilló ojos y boca para acompañar la simplicidad del vestido y se puso un collar de filigrana de oro alrededor del cuello. Utilizó un pasador para sujetarse el cabello y se puso un par de zapatos de tacón plateados. Salió al patio por las puertas correderas para no molestar a Kostya.

Subió las escaleras traseras hasta llegar a la cocina, sintiéndose un poco como Cenicienta preparándose para ir al baile.

–Maisy, *bella figura!* –exclamó Maria en italiano cuando la vio entrar en la cocina–. Vas a cenar con el jefe, ¿verdad?

–Para hablar de Kostya –respondió Maisy muy seriamente.

La mujer le dedicó una mirada irónica.

–Es un buen chico –comentó Maria–, pero todas esas fiestas, esas mujeres... –añadió levantando expresivamente las manos. Lo que necesita es una buena chica que sepa cocinar, que críe a sus *bambinos* y que lo tenga contento en la cama, ¿sí?

Maisy no sabía dónde mirar. Cocinar, limpiar y calentar las sábanas... y además los niños. No, gracias.

–Tal vez sepa inglés y tenga casas en Miami y en Nueva York –le dijo Maria mientras seguía amasando el pan que estaba preparando–, pero los rusos son como los italianos. Muy tradicionales. Los tiempos han cambiado y Alexei es un hombre moderno, pero cuando siente la cabeza...

–Pues a mí no me parece que esté muy preparado para sentar la cabeza –musitó Maisy.

–Si se lo dejamos a los hombres, ellos nunca están preparados. Siempre necesitan un empujoncito.

Alexei necesitaría un terremoto para sacarlo de su estado de soltería. A Maisy no le parecía de los que se casaban.

–Debes de tener cuidado, Maisy –dijo Maria mientras le miraba el escote–. Es un hombre de verdad y tratará de seducirte. Tú eres una buena chica.

Un hombre de verdad. Efectivamente lo era. Maisy se dio un tirón hacia arriba al corpiño para reafirmar que era una buena chica y, con gesto preocupado, se dirigió hacia el salón. Alexei no estaba allí, pero sí uno de sus hombres, que la acompañó inmediatamente a la azotea.

Cuando Alexei la vio, decidió que jamás volvería a enviar a otro hombre a buscarla. En el futuro, él mismo realizaría esa tarea.

Llevaba puesto un vestido blanco, con un escote relativamente modesto. Se trataba de un vestido diseñado para que un hombre pensara en lo que había debajo. Sin poder evitarlo, comenzó a planear cómo iba a quitárselo.

Mientras avanzaba hacia él, Maisy se sintió como una princesa. Alexei estaba vestido con pantalones oscuros y una carísima camisa blanca que llevaba el cuello abierto y que dejaba al descubierto la fuerte columna de su garganta.

—Siempre me haces esperar, Maisy —dijo mientras la ayudaba a sentarse. Después, tomó asiento frente a ella—. Estás muy hermosa...

Ella lo miró con gran seriedad. No era la reacción que él había buscado.

—¿Siempre cenas aquí arriba, en la azotea?

—De vez en cuando, cuando me apetece.

Alexei levantó la botella de champán y sirvió dos copas.

—Es tan bonito que yo cenaría aquí todo el tiempo si pudiera —comentó ella mirando a su alrededor—. ¿Va a preparar Maria la cena?

—El chef, *dushka*.

—Ella no me mencionó nada y la cocina estaba muy tranquila.

—¿Y qué estabas haciendo en la cocina?

—Hablando con Maria. No sabía que tenías chef. Maria me ha estado preparando todas mis comidas. Es una maravillosa cocinera. Estoy segura de que, si no comienzo de nuevo a hacer algo de ejercicio, voy a engordar diez kilos. ¿Por qué me estás mirando de ese modo? ¿Qué es lo que he dicho?

–No me había dado cuenta de que tenías una relación tan estrecha con el ama de llaves –comentó él antes de dar un sorbo de champán.

–Se ha portado muy bien con Kostya y él la quiere mucho.

Alexei simplemente inclinó la cabeza y, de repente, Maisy comprendió que a Alexei no le interesaba nada de aquello. No la estaba escuchando. La estaba observando. No le había mirado directamente a los pechos, pero Maisy sabía que él los estaba observando porque se le habían tensado y, de repente, las ballenas del corpiño no parecía sujetarle tanto.

Los hombres no solían mirarla así y mucho menos los hombres que parecían haber salido de una revista de estilo.

–Hablemos de Kostya –dijo ella.

–Bébete el champán, Maisy. No has tomado ni una gota.

Automáticamente ella se llevó la copa a los labios y dio un sorbo. Sabía divino. Dio otro sorbo y se lamió los labios. Alexei observó el gesto y los labios húmedos por el contacto con la lengua y por el champán. Él estaría encantado de lamérselos, más tarde, y de lamerle aún más abajo, donde también estaría húmeda y ansiosa. Se movió en la silla al sentir que su cuerpo despertaba.

Ella dejó la copa sobre la mesa con un golpe. Alexei se dio cuenta de que le temblaban las manos. Bien. Las suyas tampoco estaban muy tranquilas. La miró a los ojos, pero en vez de deseo, vio en ellos preocupación.

–Tenemos que hablar sobre Kostya –insistió ella con más firmeza.

–Está bien –admitió él con resignación–. Hablemos.

–¿Tienes la intención de que Kostya viva aquí en Ravello?

–*Nyet*. Villa Vista Mare es tan solo una de mis casas.

–¿Cuántas tienes?

–Siete –respondió él, como si el número fuera de lo más habitual.

–¿Siete? ¿Y para qué demonios necesitas siete casas?

–Conveniencia.

En ese momento, el camarero entró con el entrante, *bisque* de cangrejo. Maisy le sonrió mientras le servía. Alexei se preguntó algo enojado si sonreía de aquel modo a todos los hombres menos a él.

–¿Significa eso que Kostya va a viajar por todo el mundo contigo a esas casas?

–*Da*.

–¿Y cómo crees que eso va a funcionar?

Alexei le señaló el plato.

–Come, Maisy. Preocúpate más tarde.

Ella tomó un poco de carne de cangrejo y, por fin, le dedicó a Alexei una impactante sonrisa.

–Sabe a mar –dijo.

–Debería. Ha salido del mar esta misma tarde –replicó él disfrutando con su reacción.

El plato principal recibió el mismo entusiasmo. Alexei la observó comer, lo que en sí mismo era un acontecimiento raro para él. La mayoría de las mujeres con las que se sentaba a la mesa comían con remilgos y bebían demasiado. Maisy apenas tocó el champán, pero limpió el plato.

–He hablado con un psicólogo infantil, como te dije antes. Me ha dicho que Kostya necesita estar seguro aquí antes de que se le diga lo que les ha ocurrido a sus padres.

–Estoy completamente de acuerdo. Estoy temiendo que llegue el momento –confesó ella.

–¿No ha preguntado por sus padres? –quiso saber Alexei.

–No.

Se produjo un largo silencio. Evidentemente, él estaba esperando una explicación, pero Maisy no sabía por dónde empezar sin ser desleal a Anais.

–No sé cómo es en Rusia, pero en Inglaterra, en las familias acomodadas, los niños no reciben toda la atención que deberían.

–¿Me estás diciendo que Leo era un padre poco atento con su hijo? –le preguntó Alexei.

–Depende de lo que se entienda por poco atento. Era un hombre muy ocupado, ya lo sabes. No siempre estaba en la casa.

–Kostya es un niño muy pequeño. Es natural que su madre sea la persona que le cuide.

–Anais tenía algunas dificultades –confesó Maisy–. Era muy joven. Solo tenía veintiún años cuando tuvo a Kostya. Ella no tenía una relación muy estrecha con su propia madre. Resulta difícil de explicar, pero Anais no pasaba demasiado tiempo con su hijo...

Ya estaba. Ya lo había dicho. Levantó la mirada y vio que Alexei lo estaba observando.

–¿Qué es esto, Maisy? ¿Estás tratando de hacerme creer que Leo Kulikov no era un buen padre?

–No estoy diciendo eso. Solo estoy tratando hacerte comprender lo que está pasando en la cabecita de Kostya.

–Yo no te necesito a ti para eso, *dushka*. Para eso ya tengo a un psicólogo infantil. Lo que me interesa más es por qué quieres hacerme pensar lo peor.

–Eso no es cierto –protestó Maisy–. Tú querías saber...

–Sé lo mucho que Leo quería a su hijo –la interrumpió Alexei con una voz que no admitía discusión.

Maisy apartó su plato.

–Ya no tengo hambre –dijo en voz baja.

–Escúchame, Maisy. No quiero oír estas historias. No te dan crédito alguno. No te lo iba a decir, pero tengo algunas preguntas sobre tu pasado que me gustaría que me aclararas antes de que siguiéramos progresando.

–¿Sobre mi pasado?

–Sí. Hija de una madre soltera sin trabajo, aunque recibiste educación en un colegio privado. Nunca has tenido trabajo hasta que apareciste en la casa de los Kulikov hace dos años.

Maisy se encogió físicamente. Alexei había evocado tantos recuerdos que había esperado dejar atrás. No los quería allí aquella noche, sobre aquella maravillosa azotea. Quería ser la mujer en la que estaba empezando a convertirse. Quería que él fuera el hombre que había imaginado que era.

De repente, sintió que el pasado quedaba muy cerca del presente.

–¿Cómo has descubierto todo eso?

–Es asunto mío. ¿Acaso crees que te iba a dejar entrar por la puerta sin investigarte?

–Me lo podrías haber preguntado a mí.

–Sí, pero, ¿te habría creído?

La injusticia de aquella acusación le dolió.

–Probablemente no. Pareces pensar que soy una mentirosa, pero no sé por qué.

–Dime –dijo Alexei muy tranquilo–, ¿por qué crees que te he invitado a cenar conmigo aquí esta noche? ¿Acaso creías, Maisy, que íbamos a hablar sobre tu contrato de trabajo con ese vestido y bebiendo champán? ¿O acaso creías que te iba a llevar a la cama y tratarte del modo al que estás acostumbrada?

Efectivamente, todo lo que Alexei acababa de decir

era cierto. Había querido acostarse con él. Se había puesto su mejor vestido y las bragas que tenían más encaje. El futuro de Kostya había ocupado un segundo lugar, tras su deseo de estar con Alexei.

Por primera vez en su vida, se había antepuesto al niño e iba a pagar por ello. Alexei le había tendido una trampa. No era adecuada para cuidar de las necesidades de un niño pequeño.

Tragó saliva y levantó los ojos para mirar el desprecio que había en los de Alexei. Su dignidad estaba hecha pedazos.

—¿Me vas a pedir que me marche? —le preguntó.

—No seas ridícula. Kostya te necesita.

Maisy frunció el ceño. Lo había dicho como si aquella idea fuera desagradable para él, como si ella fuera todo lo que él decía que era. Esto le dio fuerzas para apartar la silla y levantarse.

—Si tu estúpido detective hubiera hecho un trabajo mejor, sabría que yo jamás trabajé para los Kulikov. Fui al colegio con Anais. Éramos amigas. Yo habría hecho cualquier cosa por ella y no permitiré que tú arruines la vida del niño. Estoy segura al cien por cien de que si Anais hubiera sabido leer el futuro, me habría nombrado a mí tutora legal de Kostya. A ti te eligió Leo. Leo cometió el error. Kostya no debería tener que pagar por ello. Tu suerte se ha acabado, Alexei. No quiero nada de ti. Pensaba que quería hacer el amor contigo, pero ahora sé que jamás he deseado una cosa menos.

Entonces, se dio la vuelta y comenzó a alejarse. Alexei no trató de detenerla. El deseo no podía con la lealtad. La familia era lo primero y Maisy, por muy atractiva que fuera, solo era una mujer. Había mujeres por todas partes.

—Ese vestido es muy bonito para una niñera —dijo él

con voz gélida–. Leo debió de pagarte bien. Supongo que resultaba muy caro mantenerte, Maisy.

–Jamás me ha mantenido nadie –se defendió de él por encima del hombro.

–Sí, claro...

Aquel comentario hizo mucho daño a Maisy. Él le había hecho sentir como una prostituta. Se dio la vuelta decidida a no permitir que él tuviera la última palabra. Entonces, vio que él ya estaba de pie y que se dirigía hacia ella con expresión apenada, como si se hubiera dado cuenta de que había ido demasiado lejos. Sin embargo, ella se movió demasiado rápidamente y cayó al suelo. En su intento por parar el golpe con el brazo, se hizo daño en el hombro. El dolor se apoderó de ella y le hizo gritar. Se quedó tumbada en el suelo, sujetándose el brazo y conteniendo las lágrimas.

Alexei se puso de rodillas a su lado inmediatamente. La rodeó con los brazos, pero, en cuanto tocó el hombro de Maisy, ella volvió a gritar de dolor.

–Deja que te ayude –dijo él con voz suave.

Maisy estaba demasiado aturdida como para protestar. Dejó que él la tomara en brazos, pero apartó el rostro del de él, decidida a ignorarle. Le había dicho cosas terribles.

Alexei la llevó hacia la escalera como si no pesara nada. El hombro le dolía mucho a Maisy, pero más le había dolido que él considerara que era una mentirosa y una casquivana que se abría de piernas para cualquiera que tuviera dinero. Quería echarse a llorar, pero no podía demostrar aquella debilidad.

Cuando quiso darse cuenta, vio que él la había llevado a su propio dormitorio. A pesar del dolor, los latidos del corazón se le aceleraron.

La cama era grande y muy masculina, cubierta con

ropa de cama de color azul. Inmediatamente, recordó todo lo que él le había dicho y supo con cada centímetro de su piel que no deseaba estar allí. Resultaba demasiado humillante.

Comenzó a resistirse.

–Déjame en el suelo. ¡Déjame en el suelo!

Alexei se vio obligado a hacerlo. Ella se puso de pie sujetándose el brazo contra el pecho. Le dolía mucho, pero no tenía intención de hacerse la víctima.

Él no dijo ni una sola palabra. Se limitó a llamar por teléfono.

–Va a venir un médico a la casa –dijo tras terminar la llamada–. ¿Dónde te duele?

–No lo sé. Creo que me lo he dislocado –respondió ella–. Voy a irme a mi habitación a esperar, si no te importa.

–Maisy, has tenido una caída muy mala. Túmbate aquí y deja que te examine, ¿de acuerdo?

Sonaba tan razonable y sentía un dolor tan fuerte por todo el cuerpo...

Al final, el dolor ganó. Maisy se sentó en la cama y Alexei hizo algo sorprendente. Se arrodilló sobre una pierna y le quitó los zapatos. Verlo así la empujó a decir:

–No es culpa tuya que me haya caído. Lo hice yo sola.

–¿Cómo tienes el brazo? –preguntó él, sin moverse.

–Creo que se me está entumeciendo.

–Has caído muy mal –dijo él. Entonces, levantó la mano y, tras dudar un instante, le apartó suavemente los rizos que le cubrían el rostro. Maisy tragó saliva–. Te daría un analgésico, pero creo que deberíamos esperar a que llegara el médico.

–Está bien...

El médico era un hombre de cierta edad que, evidentemente, conocía a Alexei. Se mostró escrupulosamente cortés con Maisy mientras le examinaba el hombro. Le recetó unos analgésicos, que le entregó a Alexei junto con la posología. Afortunadamente, no había nada roto. El descanso y el tiempo la curarían.

—Menos mal que no tengo nada roto —comentó ella.

Alexei se sentó a su lado en la cama.

—Tómate esto, Maisy —le dijo mientras le colocaba dos píldoras blancas contra los labios.

Ella no podía soportar más proximidad física. Abrió la boca y rozó suavemente los dedos de Alexei con los labios. Entonces, se sonrojó. No quería que él pensara que se le estaba insinuando.

Alexei la ayudó a tomar un poco de agua para que pudiera tragarlas. Maisy obedeció. Se sentía muy cansada y dolorida. Además, las ballenas del vestido se le clavaban y le hacían daño.

—Necesito quitarme el vestido —dijo, algo incómoda—. No puedo dormir con él.

—Está bien —afirmó él. Acercó las manos a la espalda y comenzó a desabrocharle los minúsculos botones. Le rozaban suavemente la piel y Maisy cerró los ojos deseando que todo fuera diferente—. Ese es el problema con la alta costura. No hay cremalleras.

—Me lo regaló Anais. No sabía que era de alta costura. No me había molestado en mirar.

Se agarró el corpiño con el brazo bueno cuando notó que el vestido se le soltaba. Permaneció allí, sentada, mirando ansiosamente por encima del hombro.

—Si te das la vuelta, me puedo poner de pie y dejarlo caer para luego volver a meterme en la cama —explicó con cierta incomodidad. Suponía que él iba a responder con alguna pulla, pero no fue así.

—Por supuesto —dijo con voz suave.

Alexei se comportaba de un modo tan formal que resultaba increíble. Maisy se levantó de la cama y dejó caer el vestido. Tímidamente, se lo quitó y le dio una patada antes de volver a meterse bajo las sábanas y taparse hasta la garganta.

—Gracias —susurró ella incómodamente.

La almohada era una delicia bajo la cabeza. Sentía que los analgésicos estaban empezando a surtir efecto. Alexei recogió el hermoso vestido.

—Ahora te dejo descansar —dijo con aquel tono formal tan extraño—. Si necesitas algo, solo tienes que llamar. Estoy en la habitación que hay al otro lado del pasillo.

Maisy cerró los ojos y maldijo las lágrimas que se le habían empezado a formar en ellos. Notó el instante en el que las luces se apagaron.

—No fue así como imaginé el final de nuestra velada juntos —oyó que él decía desde el otro lado de la estancia.

«Lo sé», pensó ella con tristeza.

Capítulo 5

MAISY abrió los ojos. Sentía un ligero dolor de cabeza y un gran arrepentimiento tras recordar lo ocurrido la noche anterior. Metió la cabeza debajo de la almohada. De la almohada de Alexei.

Se sentó como movida por un resorte. El pánico se apoderó de ella cuando se dio cuenta de que no tenía nada de ropa que ponerse. Estaba en la cama de Alexei con tan solo unas bragas de encaje. Después de todo lo que él le había dicho la noche anterior, lo último que quería era ser acusada de buscar sexo. Eso había sido lo que él había dicho.

¿Dónde estaba su vestido? Recordó que Alexei se lo había llevado, pero seguramente tendría algo de ropa en aquel dormitorio...

Se cubrió los senos desnudos con los brazos y echó a correr hacia una puerta, que resultó ser un vestidor. Vio las camisas inmediatamente. Agarró la más cercana y deslizó su brazo herido con mucho cuidado en la manga para luego hacer lo mismo con el otro. Le costó abrocharse los botones, pero terminó consiguiéndolo. La camisa le llegaba prácticamente hasta las rodillas.

A continuación, se dirigió al cuarto de baño y se lavó el maquillaje que le quedaba en el rostro. Después, se peinó el cabello con la mano. Tenía que admitir que no tenía tan mal aspecto, considerando todo lo ocurrido. El dolor que tenía en el brazo era tan solo una molestia que desaparecería en un par de días.

Lo que de verdad había resultado dañado la noche anterior había sido su orgullo. Alexei le debía una disculpa.

Se miró en el espejo. Iba a conseguirla.

Aquella mañana, mientras se ponía unos vaqueros y nada más, Alexei se sentía como si fuera un verdadero canalla. Había estado tan centrado en la conquista sexual que casi no había apreciado la compañía de Maisy, pero una larga noche acompañado solo de sus pensamientos le había hecho arrepentirse de muchas cosas. Prácticamente le había dicho que era una prostituta sin nada que apoyara aquella acusación.

De hecho, estaba empezado a sospechar que la sexualidad de Maisy era tan carente de artificio como el resto de ella. No vendía nada y él no quería comprarla. No sabía exactamente qué era lo que quería de ella, pero sabía que una hermosa mujer no debería ser presionada de aquella manera, para terminar lesionada cuando trató de escapar a sus crueles comentarios. En aquellos momentos, estaba tumbada en su cama, dolorida, porque él no había podido controlarse.

Aquella actitud no era propia de él. Alexei no perdía el control de aquella manera, y mucho menos con una mujer. Y mucho menos con aquella mujer. La dulzura de Maisy era precisamente lo que necesitaba en aquellos instantes. Entonces, ¿por qué la alejaba de su lado?

Descalzo y con el torso desnudo, cruzó el pasillo. Levantó la mano para llamar, pero su puerta se abrió lentamente. Ella estaba allí, vestida con una de sus camisas, con el rostro recién lavado e increíblemente hermosa.

–Quería saber por qué tienes una opinión tan pobre sobre mí –le espetó ella sin rodeos.

–No tengo una opinión pobre sobre ti.

–En ese caso, podrías ser un poco más amable conmigo –replicó ella. Sus ojos no podían dejar de recorrer la piel desnuda de su torso.

¿Amable? ¿Maisy quería que fuera amable?

–¿Qué tal el hombro?

–Me duele un poco, pero no quiero hablar sobre mi hombro.

–Yo tampoco, pero es bueno saber cómo está

Con un fluido movimiento, se la colocó a ella sobre su hombro y cerró la puerta de una patada.

–¿Qué estás haciendo? –consiguió decir ella, aunque resultaba más que evidente lo que estaba pasando.

Alexei iba a terminar lo que había empezado en Londres, allí, en aquella cama que ya estaba debajo de la espalda de Maisy. Ella miraba aquellos ojos azules, convencida de que todas sus fantasías se iban a hacer realidad.

–Sí o no, Maisy. Tú decides.

Su cuerpo gritaba que sí, sin duda alguna. «Apenas lo conoces. Las buenas chicas no hacen esto. Anais hizo que Leo esperara tres meses...».

Entonces, él deslizó los pulgares sobre la parte interna de las muñecas de Maisy y se llevó una de las manos de ella a la boca, para aplicar los labios donde habían estado los dedos. Maisy emitió un suave sonido cuando él le hizo levantar los brazos para que sus pechos se levantaran también y el cuerpo se le estirara. Se tumbó sobre ella, apoyando el pecho sobre los antebrazos. Abrumándola con el tamaño y la fuerza de su cuerpo. Se sentía muy menuda, suave y femenina. Ansiaba tocarle tan desesperadamente que las palmas de las manos le ardían.

–¿Qué es lo que deseas, Maisy?

–Lo deseo todo –confesó ella–. Te deseo a ti.

En los ojos de Alexei se reflejó algo que le produjo un fuerte tirón en la pelvis. Ella se medio levantó para encontrarse con él cuando Alexei se dispuso a besarla. Lo hizo larga y lentamente, con una profunda satisfacción, como si tuvieran todo el tiempo del mundo. Sin embargo, seguía inmovilizándole los brazos, de manera que ella se sentía muy vulnerable en aquella posición. Los senos se frotaban ligeramente contra el torso de Alexei. Los pezones se erguían y se apretaban contra él sin rubor alguno.

Las sensaciones eran increíbles. Alexei comenzó a profundizar el beso, excitándola cada vez más. Entonces, de repente, la soltó.

Atónita, Maisy se quedó sola en la cama mientras él se levantaba. Durante un momento, ella no comprendía lo que estaba pasando hasta que la luz del sol comenzó a entrar a raudales en la estancia. Alexei había activado las persianas de las ventanas, dejando que la luz del día entrara en el dormitorio. Maisy parpadeó cuando los rayos del sol le dieron en la cara y bajó los brazos. Con la ayuda de su brazo bueno, se incorporó en la cama. Se sentía confusa y se preguntaba exactamente qué era en lo que se estaba metiendo.

Alexei se colocó delante de ella. Maisy tuvo que permanecer sentada y levantó el rostro para mirarlo. Durante un instante, él permaneció allí, mirándola, con los vaqueros muy bajos sobre las esbeltas caderas. Tenía el abdomen tan musculado que ella ansiaba deslizar los dedos para notar cada músculo. Y estaba tan cerca... El vello oscuro le cubría el torso antes de desaparecer en forma de flecha debajo del pantalón. Entonces, se dio cuenta del bulto que tenía en el pantalón. ¿Era aquello lo que deseaba...? ¿En aquel instante? ¿Debía ella empezar a confesar todo lo que no sabía sobre el cuerpo de un hombre?

–Deja de pensar, Maisy. Déjame sitio, *dushka*...

Maisy se colocó en el centro de la cama. Se sentía fuera de lugar, torpe. Se preguntaba si debería decir algo, si se suponía que había algo que una mujer más sofisticada haría en aquel momento. Sin embargo, él estaba tumbando encima de ella, y, de repente, lo único que Maisy podía ver y sentir era él.

Alexei deslizó los labios sobre los de Maisy. Cuando ella respondió instintivamente, él se apartó para depositar delicados besos sobre su mandíbula. Maisy comenzó a sentir que estaba jugando con ella. Avanzaba y se retiraba. Ella no quería la pérdida de control de Londres, pero tampoco que jugara con ella. Deseaba algo sencillo, sincero. Lo deseaba a él.

Tal vez debería decírselo.

Entonces, notó el cálido aliento de Alexei en la oreja. Él empezó a prometerle cosas... pícaras, sexuales. Cuando se colocó más plenamente sobre ella, Maisy comprendió lo que quería hacerle.

Dios santo...

Perdió toda habilidad para pensar. Las imágenes que él le había metido en la cabeza le caldeaban la sangre. Le rodeó el cuello con los brazos y le obligó a que volviera a besarla. Hizo un gesto de dolor cuando el hombro se resintió. Alexei se tumbó inmediatamente sobre la cama y tiró de ella para colocarla encima de él.

Durante un instante, ella se sintió desilusionada. ¿Iba a marcharse de nuevo?

En vez de eso, él le enmarcó el rostro con las manos.

–Es mejor para tu hombro –musitó. Una agradable calidez recorrió el cuerpo de Maisy al pensar que él estaba cuidando de ella.

Estar encima le permitía marcar el ritmo. Unió la boca a la de él, saboreando sus labios mientras le revolvía el cabello con las manos y le deslizaba la lengua en el interior de la boca. No sabía lo que estaba haciendo. Conocía la mecánica, pero la única y triste experiencia que había tenido le había dejado con muy pocos conocimientos sobre lo que a él podría gustarle. Esperaba que si ella sentía placer, él lo sentiría también.

Le colocó las manos en la espalda y buscó la parte inferior de la camisa para subírsela. Él deslizó los dedos por la espalda y le colocó las manos sobre el pequeño trozo de encaje que le cubría el trasero. Entonces, se lo apretó con fuerza y Maisy, instintivamente, dejó caer las rodillas a ambos lados de las caderas de él. La impresionante erección que estaba atrapada en los vaqueros quedó colocada en el lugar más adecuado para ella. Alexei gruñó de placer cuando ella se meneó ligeramente y se volvió a acomodar sobre él. Alexei le colocó las manos sobre las caderas y la hizo moverse rítmicamente sobre él.

Maisy comenzó a jadear. Alexei creyó que aquel sonido bastaría para desatarlo. Era increíble... Se sentía como un adolescente, casi incapaz de controlar su cuerpo. El tacto, el olor, la imagen de ella y el modo en el que utilizaba su cuerpo para satisfacerse... Algo había cambiado al inicio de aquel encuentro y él había perdido la delantera, si es que alguna vez la había tenido. Comenzó a pronunciar su nombre y sintió cómo los muslos de Maisy se apretaban contra él.

La profunda voz de Alexei siempre tensaba los músculos internos de su cuerpo y, combinada con la fricción del cuerpo de él contra el de ella, hizo que el cuerpo de Maisy se tensara y que el centro de su feminidad se disolviera en líquidos rayos de sol. Incapaz de creer lo que había ocurrido, apretó la boca contra la base de la garganta de Alexei y tembló encima de él mientras disfrutaba de su orgasmo.

Alexei la obligó a que se sentara, por lo que ella estaba colocada sobre él a horcajadas. Su cuerpo, tan grande, le hacía sentirse pequeña y delicada, vulnerable en aquella postura. Como estaba desnudo de cintura para arriba, el torso quedaba disponible para sus manos. Comenzó a tocarle, maravillándose de la fuerza que había bajo aquella cálida piel, enredando los dedos con el vello oscuro, acariciándole con la nariz y la boca y deslizando la lengua sobre los pezones hasta que él gimió de placer. El sonido recorrió el cuerpo de Maisy, haciendo que se sintiera más segura de sí misma.

Alexei comenzó a desabrocharle los botones de la camisa.

–¿Te encuentras bien, Maisy?

Como respuesta, ella se inclinó sobre su cuerpo y lo besó. Tan perdida estaba en los besos que no se dio cuenta de que él le había quitado la camisa hasta que Alexei dijo algo entre susurros. Inmediatamente, la apartó a un lado y sus enormes manos le cubrieron los senos para comenzar a pellizcarle los pezones. Entonces, él inclinó la cabeza para meterse uno en la boca. El vello que ya había empezado a nacerle en la barbilla le erosionaba a Maisy la piel mientras él chupaba, acariciaba y mordisqueaba, ignorando los esfuerzos de ella por tocarlo.

De repente, Maisy sintió un insoportable deseo por sentirlo dentro de ella. Jamás habría imaginado que se sentiría tan excitada. No había sido parte de su naturaleza... hasta entonces.

Le colocó las manos sobre la cintura, pero él se las agarró y las apartó.

–Todavía no, *dushka* –murmuró.

Entonces, la hizo tumbarse plenamente sobre la cama y comenzó a besarle el vientre hasta llegar a las braguitas de encaje que ella llevaba puestas. Maisy se ruborizó.

Alexei tardó tanto tiempo en quitarle las braguitas que pareció una eternidad. Maisy casi se sintió aliviada cuando ya no las tuvo puestas. Entonces, él se colocó de rodillas sobre el suelo. Durante un instante, las piernas de Maisy quedaron por encima de los hombros de él.

Ella dejó de respirar. Era una postura tan íntima. Sintió que una insoportable timidez se apoderaba de ella. En aquel momento, notó que Alexei comenzaba a soplar sobre el húmedo centro de su feminidad y tuvo que morderse la mano para no gritar.

Dan no había hecho aquello. Dan no había estado ni remotamente cerca de allí con la boca. Maisy había leído al respecto, pero la realidad era increíble.

Cuando él le separó los pliegues y le introdujo los dedos, ella tembló de placer. Cuando él deslizó la lengua por encima del clítoris, las caderas de Maisy comenzaron a moverse sobre la cama. No le importaba que estuviera haciendo mucho ruido. No tardó mucho en tensarse alrededor de los dedos de él. La lengua de Alexei recorrió por última vez el dulce centro de Maisy antes de que él se pusiera de pie y comenzara a desabrocharse torpemente los vaqueros.

Ella permaneció tumbada, observándolo, con las mejillas ruborizadas y los ojos brillantes. Solo con verla así, Alexei estaba comenzando a perder el control, pero no quería que fuera así con ella, aunque sentía que ya le estaba ocurriendo. Las cosas que podía hacerle, las sensaciones que podría hacerle sentir si ella se lo permitía... Y sabía que se lo permitiría. Su instinto masculino más primitivo así se lo decía.

De repente, ella se incorporó y apartó las torpes manos de Alexei por las suyas. Rápidamente, terminó de desabrochar todos los botones. Él dejó que los vaqueros cayeran al suelo y Maisy se quedó boquiabierta ante lo que vio. Aquello no tenía nada que ver con lo que ella había visto antes. Deslizó un dedo por la impresionante erección y se preguntó cómo iban a poder encajar los dos. Alexei colocó la mano sobre la de ella y la ayudó a moverla, de arriba abajo, indicándole en voz muy baja cuanta presión necesitaba.

Solo verlo así hizo que Maisy se echara a temblar. La fuerza, el poder de su deseo era casi demasiado. Alexei le retiró la mano, pero no se la soltó. La obligó a tumbarse en la cama y se echó sobre ella. La besó con toda la fuerza de su pasión mientras deslizaba las manos sobre el hermoso trasero de Maisy para levantarla y colocarla mejor.

—Quiero que la primera vez estés debajo de mí —musitó.

Maisy sintió que él le rozaba la entrada de su cuerpo. La punta la penetraba. Levantó las manos para acariciarle el rostro. Deseaba que él la mirara, buscando una unión con él. Alexei avanzó un poco más y, entonces, lanzó una maldición, se apartó de ella y volvió a ponerse de pie.

—No te muevas —le dijo.

Abrió un paquete y ella observó cómo se ocupaba de la contracepción. Se colocó el preservativo con rapidez, tanta que ella no pudo evitar pensar que había hecho aquello en muchas ocasiones.

«Y yo solo una», pensó.

Alexei volvió a tumbarse encima de ella. Comenzó

a besarla de nuevo y, entonces, se hundió suavemente en ella, muy lentamente. Maisy levantó las caderas para animarlo y abrió los ojos de par en par cuando lo sintió dentro completamente. Entonces, Alexei la miró con la expresión de un hombre que sabía totalmente lo que estaba haciendo.

–¿Bien, Maisy?

Era la segunda vez que se preocupaba por cómo se encontraba y eso le gustó a ella, tanto que le pareció que el pecho iba a explotarle de dicha. Aquel hecho mostraba que se preocupaba por ella. Como respuesta, ella le rodeó el cuello con su brazo bueno y lo obligó a besarla.

Su cuerpo había despertado. Las dudas que experimentó con Dan se hicieron pedazos cuando Alexei estuvo por entero dentro de ella. Aquel era su hombre, el hombre adecuado. Sabía exactamente lo que hacer y, por consiguiente, su cuerpo respondía plenamente. Él la condujo cada vez más alto, hasta que se sintió colgada en el borde del abismo con tan solo las yemas de los dedos. Cuando cayó, Alexei la acompañó. Maisy se aferró a él mientras Alexei seguía moviéndose dentro de ella. Cuando él se desplomó sobre ella, Maisy lo abrazó con fuerza durante el tiempo que él se lo permitió. Cuando se apartó de ella y se dejó caer sobre la cama, la recompensó acogiéndola entre sus brazos.

–No suelo hacer esto.

Alexei era incapaz de pensar, lo que no era extraño dado que aún estaba recuperándose de un orgasmo increíble. Sabía que su cerebro comenzaría a funcionar en cuestión de minutos, pero, en aquellos momentos, lo único que podía hacer era repetir el nombre de Maisy y acariciarle suavemente la piel. Ella tenía la cabeza sobre su torso. La pierna descansaba sobre el muslo de él y sentía el cálido centro de su feminidad apretado contra su cadera. Había tantas cosas que deseaba hacerle... Solo pensar en las semanas que tenía por delante le caldeaba la sangre.

Maisy le estaba diciendo algo. Se había sentado y se había cubierto con la sábana.

−¿Qué es lo que no sueles hacer? −preguntó él, después de que ella repitiera sus palabras.

−Esto. Tener relaciones sexuales tan a la ligera.

−Nada de esto ha sido a la ligera, Maisy −respondió, con una sinceridad que no reconocía.

Ella tenía los ojos más dulces de todo el mundo. Había dicho lo que Maisy esperaba escuchar porque la tensión pareció abandonarla y adquirió un aspecto tímido y esperanzado a la vez.

¿Cómo diablos podía mostrarse tímida después de lo que habían hecho? Por el aspecto de su rostro, parecía una mujer que había disfrutado de un sexo muy satisfactorio. También parecía algo avergonzada.

Resultaba tan encantadora... Alexei la tomó entre sus brazos y ella se dejó abrazar. Exactamente lo que Alexei esperaba de ella. Le colocó la mano entre las piernas y se las separó mientras los dedos buscaban la parte más sensible de su cuerpo y comenzaban a entrar y salir de la ardiente y húmeda feminidad. Sus ojos jamás dejaron de observar la expresión del rostro de Maisy mientras fue construyendo un orgasmo de entre los restos de lo que ambos habían compartido antes.

Capítulo 6

TUVE sexo salvaje y desinhibido a plena luz del día. Tuve gran cantidad de sexo salvaje a plena luz del día –le dijo Maisy a su almohada, como si aquello fuera un secreto.

Alexei se echó a reír. El sonido de su risa resultaba tan tranquilizador que Maisy volvió a tumbarse sobre su pecho. Deseaba permanecer acurrucada contra él todo el tiempo que fuera posible.

Alexei le acarició posesivamente la cadera con una mano, que en aquellos momentos estaba cubierta tan solo por una sábana. Había explorado tan completamente el cuerpo de ella en las últimas dos horas que no se podía imaginar ni una peca ni un hoyuelo que no hubiera visto. Sin embargo, ella insistía en cubrirse, mostrando una modestia que lo emocionaba de un modo muy extraño.

La estrechó más contra su cuerpo.

Jamás se abrazaba a ninguna mujer. Realizaba el acto sexual, obtenía placer, se duchaba, se vestía y se marchaba.

Maisy se acurrucó contra él como si buscara calor. Estaba agotada. Aquel pensamiento satisfizo una parte muy primitiva de Alexei. Su parte más sofisticaba pensaba en el futuro: cómo encajarla en su vida, cómo marcar los parámetros de su relación con ella...

No sabía cómo ni por qué, pero, durante un instante,

había sentido que sus barreras se retiraban. Se había sentido libre para disfrutar de aquella intimidad. Muy pronto tendrían que levantarse de la cama y la dura realidad se entrometería en su mundo. No quería sentimientos. No quería una relación. Quería sexo. A cambio, le daría cualquier cosa que ella deseara.

Principalmente, no quería que ella alimentara ilusión alguna sobre él.

Se acostaba con mujeres glamurosas por una razón. No tenía nada que ver con su atractivo. De hecho, dudaba incluso que ellas fueran su tipo, pero sabían lo que podían esperar, sabían lo que querían y sabían bien lo que él les ofrecía. Había límites en esas relaciones. Tara había sido el ejemplo perfecto.

Solo pensar en ella le provocó un escalofrío. Abrazó con más fuerza a Maisy. Tara era el recordatorio perfecto de por qué se había fijado en Maisy. Aquella dulzura sin complicaciones era lo que él deseaba y lo que probablemente necesitaba. Maisy se había presentado ante él sin nada más que su maravilloso y cálido cuerpo.

Sentía paz, tanta que la hizo ponerse de espaldas y se tumbó sobre ella, colocándole la cabeza en el vientre.

Sería bueno para los dos. Evidentemente, ella no había vivido mucho por lo que le había contado. Alexei podría ofrecerle lujos, viajes y una amplia variedad para su repertorio sexual. A cambio, Alexei obtendría dulzura y alegría en la cama.

Y él no se permitiría ser débil y confundirlo con otra cosa.

Apartó ese pensamiento y se limitó a gozar con el tacto del cuerpo de Maisy. Era como volver a nacer. Necesitaba seis meses de Maisy. Olía tan bien... Piel cálida y femenina, con el suave aroma del jabón que utilizaba, y sexo. No había salido corriendo para lavarse, lo que resultaba muy agradable. Era delicioso estar tumbado allí con ella, sintiendo cómo respiraba bajo su cabeza, sabiendo que no iba a ir a ninguna parte.

De repente, ella se incorporó.

–Kostya –dijo.

–Tranquila, Maria lo levantará.

–Siempre lo levanto yo –protestó Maisy. Sacó las piernas de la cama y trató de llevarse la sábana, pero Alexei no tenía intención de moverse.

–Vuelve a la cama, *dushka*. Maria puede cuidarlo hoy.

Alexei no tardó en comprender la desaprobación de Maisy. Ella se estaba poniendo la camisa frenéticamente, cubriéndose tan rápidamente como podía. No decía nada y, cuanto más se prolongaba aquella situación, más enojado se sentía Alexei. El niño estaba bien. Era él quien necesitaba un poco de atención. ¿Adónde demonios iba ella?

–¡Maisy! –exclamó. Ella se volvió para mirarlo como si la hubiera ofendido–. Por favor, vuelve a la cama.

–No puedo.

–Está bien.

Alexei se levantó de la cama y se dirigió al cuarto de baño. Iba a ducharse para empezar el día. Maisy tenía que ver quién estaba al mando.

–¿Adónde vas? –le preguntó ella.

–El entretenimiento ha terminado. Voy a ducharme y a afeitarme –le espetó.

Maisy palideció. Su ansiedad por bajar a la habitación de Kostya se redujo al sentir el impacto de aquella palabra.

Entretenimiento.

Se sentía como si él le hubiera dado una bofetada. Alexei no podía decirlo en serio. Ella quería exigirle que retirara aquella expresión, pero no había tiempo.

Kostya.

Atravesó el pasillo, rezando para que nadie la viera solo vestida con una camisa de Alexei. Todo el mundo sabría lo que habían estado haciendo, si no lo sabían ya. Si fuera el inicio de una especie de relación, no importaría. Le importaba el hecho de que él pensara en ella como «entretenimiento».

Recordó las hirientes palabras que había utilizado al principio de la noche y que no se había disculpado por ninguna de ellas. Como si el sexo lo borrara todo, aunque, seguramente para él, así era. Parecía muy contento. ¿Cómo no iba a estarlo? La había seducido después de la primera cena. ¿Qué clase de chica se metía en la cama con un hombre tan rápidamente?

No podía controlar sus sentimientos. Todo estaba demasiado claro. Ella había dado un enorme salto de fe y él acababa de disfrutar de una aventura de una noche.

De repente, recordó que para poder acceder a su dormitorio tenía que pasar por el de Kostya. No podía entrar así, sobre todo si Kostya no estaba solo.

Trató de no pensar en la humillación que la esperaba y volvió sobre sus pasos. Entró en el dormitorio de Alexei y se dirigió al cuarto de baño. Respiró profundamente y abrió la puerta. Vio a Alexei bajo el chorro del agua, con la cabeza gacha y los hombros encorvados. Su hermoso cuerpo le arrebató el aliento. Saber que era un absoluto canalla no cambiaba nada.

Él pareció notar su presencia y levantó la cabeza.

—¿Has cambiado de opinión, *dushka*? —le preguntó él después de cerrar el grifo.

—Necesito mi vestido. ¿Dónde lo has puesto?

—¿Tienes algo de frío tan solo con la camisa, Maisy? —replicó Alexei mientras comenzaba a secarse con una toalla sin preocuparle en absoluto su desnudez.

–He dicho que necesito mi vestido –insistió ella mientras miraba a un punto de la pared.

–Ya te he oído –dijo él. Se enrolló la toalla alrededor de las caderas y la anudó–. Ya puedes mirar, *dushka*. Aunque no sé qué es lo que no quieres ver. Yo creo que ya lo has visto todo.

Maisy sintió deseos de abofetearlo. Se acercó a él. El hecho de que Alexei pareciera expectante, como si pensara que ella iba a lanzarse entre sus brazos después de todo lo que él le había dicho y hecho, la animó a hacerlo.

«Canalla». Le abofeteó el rostro con tanta fuerza como le fue posible. La cabeza de Alexei se giró de nuevo para mirarla. Maisy dio un paso atrás.

Alexei se llevó una mano a la mandíbula y se la frotó.

–¿Te sientes mejor?

–No.

–Iré por tu vestido.

Todo había terminado. Maisy aún podía sentirlo dentro de ella y, sin embargo, todo había terminado. No podía creer que hubiera sido capaz de abofetearlo. Alexei era frío, arrogante y egoísta, pero...

Los minutos fueron pasando. Ella comenzó a perder la paciencia. Maria ya estaría con Kostya, como lo estaba todas las mañanas. De repente, lo comprendió todo. Su reacción había sido exagerada. Había estado tumbada en aquella cama. De repente, se había sentido aterrada de lo que le esperaba, de lo que significaba aquella nueva intimidad y había preferido salir huyendo antes de enfrentarse a ello. De algún modo, se había convencido de que sin el sexo, él no la querría en la cama y, por eso, había salido huyendo.

Alexei había reaccionado bastante mal, pero al menos había ido por su vestido. Dan ni siquiera le había pagado el taxi para marcharse a su casa.

Decididamente, los hombres no se le daban bien, pero ya mejoraría.

De repente, él la abrazó por detrás de un modo que hizo que Maisy se deshiciera por dentro.

–Lo siento –le susurró al oído.

Maisy se dio la vuelta y se abrazó a él con fuerza. El alivio que sintió le había hecho perder las fuerzas. Reconoció que había sido un gesto magnánimo. Él no estaba acostumbrado a hacer sitio en su vida para otras personas, pero lo estaba haciendo por Kostya. Y tal vez a ella también le estaba haciendo un hueco.

De repente, ella levantó el rostro y frunció el ceño.

–¿Qué le voy a decir a Maria si me pregunta dónde he estado?

–Mi vida sexual no es asunto de Maria.

–No estoy hablando de ti, sino de mí.

–Maisy, fui detrás de ti a Ravello ayer. Luego cené contigo en la azotea. Todo el mundo lo sabe.

Ella se sonrojó.

Alexei recordó que había ciertas cosas que ella no hacía, ni siquiera cuando él había querido llevarla por ese camino. No le había importado. Le había encantado estar con ella.

Era poco probable, pero tenía que preguntárselo.

–Maisy, ¿eras virgen?

–No me puedo creer que me hayas preguntado eso...

Después de pronunciar estas palabras, Maisy se sonrojó y trató de ocultar su rostro entre el cabello.

–¿Cuántos hombres, Maisy?

Sabía que debería haberle hecho la pregunta de un modo mucho más sensible, pero a él no le iba la sensibilidad.

–¿Cuántas mujeres, Alexei? –replicó de repente ella.

–Demasiadas –dijo. La respuesta lo sorprendió hasta a él mismo–. ¿Cuántos, Maisy?

–Solo uno... Una vez. ¿Se ha notado? –preguntó ella al ver que él no comentaba nada al respecto.

Alexei le apartó el cabello de los ojos.

–Creo que tengo mucha suerte.

Evidentemente, había sido la respuesta que ella esperaba. Maisy lo abrazó con fuerza. Se sentía muy feliz. Alexei había hecho que Maisy fuera feliz por primera vez desde que se levantaron de la cama y todo se había estropeado.

–Kostya... –susurró ella.

–Iré yo.

Alexei no sabía por qué se había ofrecido, pero estaba empezando a comprender que solo podría pasar más tiempo con Maisy si ella dejaba de ocuparse tanto de Kostya. Además, ya iba siendo hora de que comenzara a construir una relación con el niño.

Maisy se estaba poniendo su vestido blanco cuando alguien llamó a la puerta. Ella se quedó completamente inmóvil.

–¿Señorita Edmonds?

Maisy reconoció la voz y fue a abrir la puerta. Se trataba de una de las muchachas que trabajaba en la cocina. Simplemente le entregó ropa limpia y su bolsa de aseo y se marchó.

Maisy aceptó lo que la muchacha le había dado sin decir palabra. Se limitó a darle las gracias. Vaqueros, una camiseta y ropa interior de algodón. Alexei no había elegido aquellas prendas para ella. Maisy también comprendió que él no iba a ser discreto sobre lo que había entre ellos.

Abrió la bolsa de aseo y encontró un frasco de gel de baño. Un baño. Iba a darse un baño.

Llenó la enorme bañera de Alexei. Colgó cuidadosamente su vestido y se sumergió en la cálida y espumosa agua. Se sintió mucho mejor. Por primera vez en mucho tiempo, se sintió joven y deseable, libre de responsabilidades. Estiró las piernas y dejó descansar los brazos a ambos lados de la bañera. El cuerpo le dolía de un modo poco familiar, pero muy satisfactorio.

Alexei se había comportado como si no pudiera dejar de tocarla y ella había gozado con el modo en el que él disfrutaba con su cuerpo. También se había mostrado muy tierno con ella, aunque recordó lo que él había dicho sobre el «entretenimiento». No podía olvidarlo.

Sentía que, por mucho que él la deseara, el instinto de Alexei era apartarla de su lado. Por muy tierno que hubiera sido con ella en algunas ocasiones, sentía que él no buscaba la cercanía que ella deseaba. Aunque la abrazara tiernamente, Maisy sabía instintivamente que aquello era lo único que él iba a ofrecerle.

Tenía que tener mucho cuidado. Necesitaba proteger su corazón.

Kostya se puso muy contento al ver a Maisy. Se levantó y fue corriendo hacia ella para abrazarla. Después, insistió en que ella lo soltara para volver a jugar con su coche de pedales. Alexei lo observaba atentamente. Mientras cuidaba del niño, había estado pensando en lo que Maisy le había dicho sobre la ausencia de Leo y la incapacidad de Anais para cuidar de él. A pesar de todo, Kostya parecía un niño equilibrado. No mostraba inseguridad alguna, por lo que Maisy le había dicho no encajaba. Una parte de Alexei se sintió aliviada, pero le preocupaba que ella hubiera podido mentirle. No le encajaba con la mujer que estaba empezando a conocer.

Permaneció donde estaba, rodeado de un montón de periódicos de todo el mundo, su *smartphone* y un café muy cargado. A excepción de Maisy, era una mañana como otras cuando no estaba trabajando. Ella se había recogido el cabello en una coleta y llevaba vaqueros y una camiseta. No le gustaban las mujeres pegajosas, pero Maisy se estaba comportando de la manera más distante posible. Interesante. Decidió no hacer nada y esperar a ver cómo reaccionaba ella. Siguió trabajando.

Maisy se sirvió un zumo de naranja del bufé y se acercó a la mesa, esperando que Alexei levantara la cabeza y le dijera algo. También estaba pendiente de Maria, que debía de saberlo todo.

Antes de que ella se sentara, Alexei se levantó de la silla. Sus modales estaban tan presentes en él que, a pesar de no estar haciéndole caso alguno, se comportaba como un caballero. Maisy se acomodó y esperó a que él se dirigiera a ella. Nada. Miró a su alrededor. Maria estaba recogiendo el bufé y Kostya jugaba. Sin embargo, el poco interés que Alexei mostraba hacia ella hizo mella en su confianza. Era exactamente como cuando se acostó con Dan. En aquella ocasión, mientras se vestía, él se había puesto a responder sus correos electrónicos. Sin embargo, en el caso de Alexei era peor aún. Con Dan ya había decidido que no le interesaba y que no quería repetir la experiencia, pero Alexei... Se moría de ganas por sentársele en el regazo, pero él estaba más interesado en su teléfono móvil.

Todas sus inseguridades volvieron a adueñarse de ella. Tal vez había cambiado de opinión. Aunque se sentía atraído por ella, Maisy no podía sujetarle a su lado. Trató de encontrar algún fallo en el sexo que habían compartido. ¿Había hecho ella algo que no le había gustado? ¿No se había mostrado lo suficientemente insinuante? Él había querido que ella le hiciera sexo oral, pero Maisy no se había sentido suficientemente segura para hacerlo. Tal vez aquella era la razón...

Trató de tomarse su zumo, pero se sentía tan tensa que se atragantó y comenzó a toser. Alexei levantó la mirada al tiempo que ella se ponía de pie sin mirarlo siquiera.

–¿Adónde vas? –le preguntó él. Parecía verdaderamente sorprendido.

–Te estoy molestando. Me voy.

–Pero si no has desayunado.

¿Se había dado cuenta? Maisy había creído que él ni siquiera se había percatado de su presencia.

–No tengo hambre... –susurró mientras se disponía a marcharse de la terraza.

Entonces, oyó la voz de Kostya.

–¡Maisy!

Eso le impidió marcharse. Por mucho que estuviera sufriendo, ella era lo único que tenía el niño e, igualmente, él era lo único que ella tenía también. Cuando se dio la vuelta, el niño se acercó corriendo a ella con los brazos extendidos para que ella lo abrazara y lo tranquilizara. Maisy le sonrió y le dedicó unas palabras para que se calmara. Tal vez fuera una fracasada con los hombres, pero sabía muy bien cómo ser una buena madre con Kostya.

–Hoy tienes que dejarlo conmigo –le dijo Alexei.

Maisy levantó la mirada. Aún tenía las pestañas húmedas. Alexei trató de no recordar lo desinhibido que había sido su comportamiento cuando ella se había entregado a él. Sin embargo, en aquellos momentos, se estaba comportando como si prefiriera estar en cualquier sitio menos a su lado.

El primer instinto de Alexei fue tranquilizarla, pero resultaba evidente que ella se arrepentía de muchas cosas. Tendría que aguantarse. Él no iba a disculparse por haber disfrutado de su cuerpo tan completamente. Maisy estaba hecha para dar placer a un hombre. Todos los detalles de su cuerpo despertaban la libido de Alexei. Después de muchas mujeres con desordenes alimentarios, las curvas del femenino cuerpo de Maisy lo llenaban de deseo. Tenía la intención de tenerlo a su lado y de disfrutarlo una y otra vez.

Podría regalarle algunas joyas para que se contentara. Las joyas siempre ayudaban mucho a estabilizar el estado de ánimo de una mujer. La experiencia le decía que un colgante de diamantes entre aquellos magníficos pechos haría que ella se alegrara muy pronto. Le pediría a Carlo que se encargara de que les enviaran una selección para el día siguiente.

De repente, supo que seguramente las joyas la disgustarían aún más.

Habría sido muy fácil tomarla entre sus brazos y tranquilizarla, pero había decidido comportarse de un modo distante por la presencia del servicio. No le había importado con cualquier otra mujer, pero Maisy había entablado relación con bastantes de las personas que trabajaban para él. Los siete días que la había dejado allí sola habían tenido malas consecuencias para él.

Todo el mundo sentía simpatía por Maisy. Esto estaba bien, aunque provocaba que la situación de que él se sintiera atraído por ella fuera aún más incómoda. No sabía por qué, pero aquella mañana le parecía presentir que Maria desaprobaba su comportamiento. Era ridículo. Maisy era una mujer adulta, sexualmente activa.

Él, como hombre de veintinueve años sexualmente activo, tenía que llevársela a la cama.

Sin embargo, en el caso de Maisy no había sido exactamente así. Era el comienzo de algo, aunque no comprendía exactamente de qué se trataba. Sin embargo, sabía que había merecido la pena. De hecho, todo había sido una revelación.

No obstante, debía separar a Maisy del niño y hacerlo con el menor trauma posible para ambos.

Maisy seguía allí sentada, comportándose de un modo verdaderamente maternal con Kostya y eso le afectaba. Era una mujer muy femenina. Habría tenido que estar ciego aquella mañana para no ver lo aliviada que ella estaba de que él hubiera confirmado que su encuentro no había sido casual. Se mostraba tierna y dulce, abrazando al niño, con la imagen exacta con la que un hombre querría proteger, cuidar y probablemente casarse. Demonios. Maisy estaba hecha para el matrimonio, completamente prohibida para un hombre como él. Sin embargo, Alexei había seguido adelante.

Había llegado el momento de que se asegurara de que ella lo comprendía. No quería que se hiciera ilusiones sobre él. Era un canalla y Maisy tenía que comprender lo que él le ofrecía antes de que se empezara a hacer ilusiones de familias felices y comenzara a experimentar sentimientos peligrosos.

De repente, se dio cuenta de que no estaba muy seguro de lo que él le estaba ofreciendo. Durante un instante, se permitió imaginar lo que podría ser una relación con Maisy.

No tardó en reaccionar.

—Maisy, si estás preocupada por Maria, deja de estarlo.

—A ti te resulta fácil decirlo —musitó.

–Maria está acostumbrada a que las invitadas bajen a desayunar con mucha menos ropa de la que tú llevas en estos momentos, *dushka*. No debes preocuparte por eso.

Maisy trató de sobreponerse. ¿Cómo diablos iba a poder quedarse allí con él y fingir que todo aquello le parecía bien? Una vocecita le recordó que él no estaba tratando de insultarla. Simplemente le estaba recordando cómo eran las cosas. Sabía que Alexei no vivía como un monje, pero el hecho de que él le dijera que era la última de una larga fila había sido probablemente lo más duro que tendría que escuchar de sus labios. Hasta que él le dijera adiós, lo que, evidentemente, ocurriría tarde o temprano.

Sin embargo, aquella mañana no deseaba la verdad. Quería afecto, algo de cariño...

Como sabía que no lo iba a conseguir, decidió tranquilizarse.

–¿Vas a pasar el día con Kostya? –le dijo con la voz más serena que pudo encontrar.

–¿Por qué no lo pasas tú con nosotros?

Había sonado más afectuoso, pero Maisy no se atrevió a mirarlo. Se sorprendió cuando él se acercó a tomar a Kostya en brazos y sintió un enorme vacío cuando el niño se marchó con él encantado. No sabía qué hacer. Se sentía incómoda sentada allí, a sus pies, con las imágenes de las intimidades que habían compartido viciando el ambiente entre ellos. No podía hacerlo.

–Creo que quiero estar sola durante un rato –dijo.

«Idiota, idiota».

Se puso de pie y atravesó la terraza lo más rápidamente que pudo sin saber adónde se dirigía. Solo sabía que ansiaba poner distancia entre ella misma y las rocas contra las que había naufragado.

Capítulo 7

ALEXEI observó cómo se marchaba. ¿Por qué había tenido que abrir la boca y hacerle daño a Maisy de aquella manera? Lo suyo acababa de empezar y él ya lo estaba destruyendo.

–Quiero a Maisy –aulló Kostya mientras se le agarraba a él a la camisa.

–Yo también quiero que venga, *malenki chelovek*.

Ella había llegado al final de la terraza. Entonces, dudó y miró a su alrededor para buscar la salida. Aquella terraza no llevaba a ninguna parte y las puertas de cristal estaban cerradas con llave. Durante un instante, Alexei observó cómo ella trataba de abrirlas.

Ya era suficiente.

Se dirigió hacia ella. Observó cómo ella levantaba el rostro, que estaba pálido y tenso. Él era el responsable de aquella tensión. No había tenido intención de hacerle tanto daño. Solo había tratado de poner distancia con ella cuando lo único que sentía era pasión hacia ella. Ciertamente, no había querido herirla.

–Maisy, necesitamos hablar. Le entregaré a Kostya a Maria y luego tú te vas a venir conmigo –le dijo. Le tomó la mano, pero ella la apartó con los ojos llenos de ira.

–Demasiado tarde, Alexei –le espetó–. No quiero oír nada de lo que tú tengas que decirme.

Kostya comenzó a llorar y trató de irse con Maisy. Ella lo tomó en brazos y miró con desprecio a Alexei.

–Mira lo que has hecho.

–Si quieres que hablemos delante del niño, bien. Este es el trato, Maisy. Lo de esta mañana ha sido increíble. Quiero repetirlo. A menudo. Te quiero en mi vida. ¿Te queda lo suficientemente claro? ¿Resuelve eso el problema?

Increíble. Alexei la quería en su vida.

Maisy estaba segura de que él se estaba preguntando por qué no estaba aplaudiendo de la alegría. Sin embargo, aquellas frías palabras habían despertado la ira en ella.

–Estoy segura de que eso funciona para el resto de tus *invitadas*, pero yo requiero un poco más de delicadeza, Alexei. Por eso, voy a rechazarte.

–De acuerdo –dijo él encogiéndose de hombros. El rostro de Maisy reveló tan desilusión que Alexei se debería haber sentido divertido. No fue así–. Debería haberte llevado de nuevo a la cama y haberte atado al poste –declaró–. Sin embargo, no traigo mujeres aquí. Las esposas y el resto de la parafernalia están en mi apartamento de Roma.

–¡Eres repugnante! –le espetó ella por encima de la cabecita de Kostya.

–No era eso lo que decías esta mañana, *dushka*. ¿Cómo demonios puedes seguir sonrojándote?

–No estoy acostumbrada a estar completamente desnuda y retozando en la cama a plena luz del día.

–Algo que me ayuda mantener intacto mi ego –comentó él.

Maisy volvió a bufar. Él la miró completamente prendado de ella.

–Eres adorable, Maisy

De repente, ella comprendió las palabras que él acababa de decir. ¿Qué había dicho sobre que no llevaba mujeres allí?

–No podemos tener esta conversación delante de Kostya. ¿Dónde está Maria?

Tras dejar al pequeño con Maria en la cocina, Maisy y Alexei comenzaron a pasear por los jardines. Se detuvieron frente a una estatua de piedra.

–Podríamos volver arriba –susurró él con voz sugerente.

–No te voy a responder a eso –replicó ella. Apartó el rostro, aunque tenía una pequeña sonrisa en los labios.

–Podemos hacerlo aquí.

Maisy se quedó boquiabierta.

–No pienso hacer el amor contigo en medio de un jardín. Nos podría ver cualquiera.

–Tienes razón. Soy muy posesivo, Maisy, como ya irás aprendiendo. No quiero que otro hombre te vea cuando alcances el clímax.

–¿Tan seguro estás de que lo haría? –susurró ella en voz baja por si alguien podía escucharlo.

–¿El qué? ¿Rodearme la cintura con esas hermosas piernas o llegar al clímax?

–Las dos cosas.

–No puedo obligarte, Maisy, pero te puedo garantizar el clímax.

Maisy se mordió los labios. No quería perdonarlo tan pronto, pero el corazón se le había acelerado y sentía un hormigueo en la piel.

–Yo también quiero estar contigo, Alexei, pero creo que es importante ser pragmático.

–¿Pragmático?

–Sí. Cuando Kostya se haya acostumbrado a su nueva vida, yo tendré que marcharme. Sería desastroso para él si comenzara a pensar en nosotros dos como sus padres, que es lo que ocurriría si... si yo formara parte de tu vida. Creo que lo mejor será que... que él no nos vea mostrándonos afectuosos delante de él.

–¿Afectuosos?

–Sé que no es realmente afecto, sino solo... sexo, pero es tan pequeño que lo considerará como dos adultos que se muestran cariño el uno hacia el otro, igual que mostramos cariño hacia él. Terminará pensando que todos estamos juntos.

Alexei lanzó una maldición en ruso. Su ira era evidente, pero no estaba dirigida hacia ella, sino hacia lo más íntimo de su ser.

–No soy una idiota, Alexei. Sé cómo funciona el mundo. Resulta extraño hasta que tú y yo nos hayamos conocido y mucho más que yo esté aquí. Creo que lo que ha ocurrido entre nosotros ha sido consecuencia de lo que les pasó a los Kulikov. Los dos estamos sufriendo su pérdida y eso ha formado un vínculo entre nosotros. Nos ha juntado y el resto ha sido... inevitable.

–Fue inevitable. En eso estoy de acuerdo –replicó él–. Bien. ¿Cuáles son tus condiciones, Maisy?

La pregunta fue tan directa que Maisy se sintió dolida. ¿Condiciones? No tenía ni idea.

–¿Qué... qué es lo que suele ocurrir cuando estás con una mujer? ¿Cómo funciona?

–Yo la pongo en nómina y le doy una paga extra cuando realmente funciona bien.

Maisy parpadeó. Durante un momento, Alexei se dio cuenta de que ella no estaba segura de si él estaba bromeando o no.

–¿De verdad crees que yo haría algo así? Escucha. Esa cama de ahí arriba es mía. No traigo mujeres aquí. Nunca. Este es mi santuario.

–¿Aquí no vienen invitadas?

–Solo unas cuantas, pero muy bien acompañadas por sus esposos. Aquí es donde traigo a la familia.

Durante un instante, Maisy experimentó una abrumadora alegría, pero no tardó en darse cuenta de que él se refería a Kostya. Ella no formaba parte de su familia, pero sí era la primera mujer con la que estaba allí.

–Entonces, ¿qué se supone que tengo que hacer yo? –preguntó ella, algo preocupada.

–No tienes por qué inquietarte, Maisy. Yo te facilitaré las cosas. Vivirás conmigo, viajarás conmigo, evitarás a los paparazzi conmigo. Se te describirá como «una misteriosa pelirroja» hasta que lo averigüen todo de ti, y lo averiguarán, lo bueno y lo malo. Debes olvidarte de todo lo quieras mantener oculto. Por lo tanto, me gustaría saber si has robado alguna vez un banco.

Maisy lo miró completamente atónita. Estaba bromeando, ¿verdad?

–Yo no le interesaré a nadie. No soy nadie.

–Todo lo que yo hago parecer atraer interés. Espero que como tú no eres conocida, pronto perderán el interés.

Alexei deslizó las manos por la cintura de Maisy y se sentó sobre el borde de la fuente. Entonces, la colocó entre sus piernas.

–Kostya va a suponer un estorbo para nosotros–bromeó él con una sonrisa.

–Eso nunca –replicó ella–. Es un niño maravilloso. Y te ha tomado mucho afecto.

–Estoy completamente de acuerdo en que es un niño maravilloso, pero eso de no mostrar afecto delante de él va a ser un rollo.

–No hay elección.

–Siempre hay elección, *dushka*. Tú has ejercido la tuya. ¿Podrás cumplirla?

Maisy se apoyó contra él. Alexei la abrazó y, entonces, colocó la cabeza sobre la suave y cálida curva de los senos de Maisy. Entonces, dejó escapar un suspiro de satisfacción.

–¿Qué ocurre? –preguntó ella.

–Llevo toda la mañana deseando hacer esto –dijo con una sonrisa–. Tus senos son un don para la humanidad. Bueno, al menos para mí, aunque estoy dispuesto a compartirlos con Kostya.

Maisy se echó a reír.

–Y ahora han comenzando a menearse. Estoy en el cielo.

–Basta ya –dijo ella golpeándole suavemente en el hombro–. Tú no respondiste mi pregunta antes. ¿Te vas a pasar el resto del día con Kostya?

–Por supuesto.

–¿Puedo tener yo el día libre?

–¿Puedo pasarlo yo con Kostya y contigo?

–No. Estoy de acuerdo en que es mejor si yo no estoy presente.

Alexei levantó la cabeza, pero sin soltarle la cintura.

–Hay un spa a las afueras de la ciudad. ¿Por qué no te pasas el día allí? Yo lo organizaré todo. ¿A qué viene esa cara? ¿Qué es lo que estás pensando ahora, Maisy?

–No lo sé –dijo ella. Le habría gustado pasarse el día entre sus brazos. Deseó que los dos se hubieran conocido en otras circunstancias. Le habría gustado salir con él en una cita. En vez de eso, su relación se basaba en condiciones–. Ojalá...

–¿Qué?

«Ojalá pudiéramos estar juntos, los dos solos», pensó.

–Ojalá tuviera más ropa que ponerme –dijo, algo que también era cierto–. Creo que me iré de compras.

Alexei la soltó. La expresión de su rostro era indulgente, pero, de algún modo, resultaba más fría que tan solo unos segundos antes.

–Excelente decisión. Compras por la mañana y un spa por la tarde.

–¿Y qué vas a hacer tú con Kostya?

–Cosas de chicos.

–Tiene dos años.

–Cosas para chicos de dos años.

–Sea lo que sea, acuérdate de llevarte su bolsa de pañales y su botella de agua. Yo te lo prepararé. Y tiene que tener el sombrero puesto todo el tiempo. Es tan rubio que se pueda quemar en un abrir y cerrar de ojos.

–Puedo hacerlo...

De repente, pareció tan desprotegido que Maisy se arrojó a sus brazos e inhaló el agradable aroma masculino que emanaba de su piel y que la acompañaría el resto del día.

Alexei le colocó las manos torpemente sobre la cintura, como si estuviera sorprendido por aquella repentina muestra de afecto.

–Te estoy abrazando –le dijo. Alexei la estrechó con fuerza y Maisy sonrió satisfecha.

Alexei frunció el ceño. No había esperado nada de aquello. Iba a llevarle tiempo crear un vínculo con el hijo de Leo, pero no le quedaba elección. Sabía que había otras dos parejas que podían hacerse cargo de él, lo que seguramente sería lo más sensato, pero Leo lo había nombrado a él tutor de Kostya. Leo no hacía nada sin ninguna razón y a Alexei no le gustaba rendirse ante los desafíos.

Sin embargo, no había esperado tener que tratar también con Maisy, que representaba un desafío único e inigualable.

En el momento en el que se metieron en la cama aquella mañana, se había dado cuenta de que no se parecía en nada a ninguna de las mujeres con las que había estado. Seguramente tenía que ver con su inocencia, lo que estaba creando el caos en el hombre ruso tradicional que él creía haber dejado atrás hacía tanto tiempo que no había vuelto a pensar ni en el matrimonio, ni en los hijos ni en el futuro. Al menos, no lo había hecho desde que ganó su primer millón y las mujeres se habían convertido en presa fácil para él.

Había atribuido este hecho a que ella parecía más interesada en que él le prestara atención que en su cuenta corriente, pero sabía que tenía que poner el asunto a un nivel mucho más crematístico. Cuando sintiera que la estaba manteniendo, el aura romántica se disolvería y la dulzura y la inseguridad de Maisy desaparecerían gracias a los cheques.

Diablos... Las sábanas de su dormitorio aún no se habían enfriado y ella ya había decidido irse de compras. Maisy era una mujer muy dulce, aunque apasionada entre las sábanas. Sin embargo, ¿por qué iba a ser diferente de las demás? ¿Y por qué estaba pensando él cómo podrían ser las cosas si ella lo fuera?

Sintiéndose como si hubiera corrido un maratón emocional, Maisy bajó las escaleras y miró su bolso. Tarjeta de crédito, pasaporte, los euros que había cambiado el día anterior... Estaba preparada para irse de compras. Pensar que iba a cuidarse también un poco le puso una sonrisa en el rostro.

Alexei le había pedido cita en el spa a las dos, por lo que tendría unas horas para recorrer las tiendas. Andrei, el chófer, iba a llevarla, lo que era una buena noticia. Estaba deseando sentarse en el coche y poder admirar el paisaje desde la ventana mientras pensaba en Alexei como si fuera una adolescente.

Aún estaba sonriendo cuando llegó a la planta baja y Carlo Santini apareció a su lado.

–Señorita Edmonds, Alexei me ha pedido que le entregue estas cosas. Esto es la llave de seguridad que le da acceso a todas las zonas de la casa. Si necesita alguna vez un coche, como le ocurre hoy, habrá un chófer siempre a su disposición. Solo tiene que llamar al despacho de la casa para que se le prepare un vehículo. Aquí tiene el número grabado.

Carlo le entregó un smartphone. Ella lo aceptó de mala gana porque no tenía ni idea de cómo usarlo.

–Además, se ha abierto una cuenta a su nombre. Aquí están los detalles y sus tarjetas.

–¿Una cuenta bancaria?

–Sí –respondió Carlo con una sonrisa que a Maisy no le gustó–. ¿Acaso creía que no se le iba a pagar, *signorina*?

Maisy se quedó atónita, pero permaneció en silencio. Decididamente, la sonrisa de Carlo Santini no era agradable. No se lo había imaginado.

–Ahora tiene oportunidad de gastar, señorita Edmonds. El señor Ranaevsky es un hombre muy generoso.

Maisy permaneció en el mismo lugar unos instantes después de que Carlo se hubiera marchado. El teléfono le pesaba en las manos. Entonces, contempló la carterita que contenía las tarjetas de crédito con los ojos llenos de lágrimas.

Era una estupidez estar enfadada o sentirse herida. Así era como Alexei hacía las cosas. Aquello era a lo que ella había accedido. Sin embargo, saber y comprender que no era especial, que solo era una más en su vida, le dolía.

Alexei le estaba mostrando muy claramente sus condiciones. Carlo Santini la había mirado como si ella fuera la clase de mujer a la que se pagaba.

Metió todo en su bolso y se dispuso a salir. Ya le demostraría ella quién era. No gastaría ni un céntimo de su dinero.

Cuatro horas más tarde, Maisy estaba bajo las expertas manos de una masajista. La tensión iba desapareciendo poco a poco. No se había dado cuenta de lo mucho que necesitaba aquello, no solo el masaje, sino aquellas horas en solitario. No se sintió culpable por haber dejado a Kostya. El niño estaba en buenas manos. Tampoco se sintió culpable de lo que había hecho en la cama con Alexei aquella mañana.

Minutos después, envuelta en un albornoz blanco y con un tratamiento para el cabello bajo una toalla, Maisy comenzó a hojear unas revistas. Lo que vio la dejó completamente atónita.

Era Alexei. Estaba en un barco, en una fiesta, con el brazo alrededor de la cintura de Tara Mills. No tuvo que leer el pie de foto para reconocer el rostro de la joven. Había aparecido en un anuncio en el aeropuerto de Nápoles el día en el que llegaron. Más que una modelo, era una marca.

A pesar de que le costaba respirar, leyó el breve párrafo.

¿Ha encontrado Tara a su media naranja en Alexei Ranaevsky, el magnate ruso que tanta fama tiene de chico malo? Si los diamantes que lleva alrededor del cuello son una prueba fiable, Ranaevsky va en serio.

No eran las palabras del periodista lo que la habían dejado helada, sino la realidad del pasado de Alexei. Se dijo que debía calmarse. Después de todo, era normal que él tuviera un pasado, pero no podía evitarlo. Tomó otra revista y comenzó a hojearla rápidamente. Luego otra. Alexei estaba en todas partes, acompañado de una mujer diferente, todas ellas con afilados pómulos e interminables piernas. Rubias, morenas... No parecía importar.

«Y yo soy la pelirroja».

Él ya le había hablado de que su vida estaba sometida a los medios de comunicación, que la propia Maisy aparecería en los periódicos, que habría poca intimidad... pero ella no le había hecho caso. Pues allí lo tenía. Estaba viendo las pruebas de lo que Alexei le había dicho. Él era rico, poderoso y guapo. Salía con una mujer diferente cada vez, igual que disponía de los coches que tenía en el garaje de su casa.

Nunca en un millón de años se habría imaginado que ella se vería llevando aquel estilo de vida. Miró a su alrededor. Se había preguntado sobre el coste de aquel balneario desde el momento en el que salió del coche y se vio impresionada por el lujo que la rodeaba. Sin darse cuenta siquiera, había caído en una fantasía, pero que no era la suya. No. Ella no quería ser fotografiada ni aparecer en los medios de comunicación.

Sintió cómo se le hacía un enorme nudo en la garganta. Incluso después de que le secaran el cabello hasta dejárselo como la seda, le hicieran la manicura francesa en las manos y la maquillaran delicadamente, cuando se miró en el espejo lo único que vio fue una idiota.

Maisy estaba en casa.

Alexei la encontró de pie en el vestíbulo de entrada, rodeada de bolsas.

–Bravo –dijo él–. Veo que has comprado la costa de Amalfi entera.

Ella lo miró como si lo estuviera viendo por primera vez. Entonces, fingió una sonrisa y dijo:

–Debería estar agotada, pero no es así. Me he divertido mucho.

Su entusiasmo era tan claramente falso que Alexei esperó a que ella le dijera lo contrario. No fue así. Maisy comenzó a recoger sus bolsas y Andrei se encargó del resto, lo que le reportó una de las hermosas sonrisas de ella. Alexei decidió echar una mano también mientras decidía allí mismo que en el futuro el chófer de Maisy sería otro empleado diferente. No le gustaba el modo en el que Andrei la miraba.

Ella comenzó a subir las escaleras, moviendo el trasero como un péndulo al caminar. Entonces, se dirigió hacia su dormitorio. Parecía estar prácticamente huyendo de él.

–Te he cambiado de habitación –dijo él.

Maisy se volvió lentamente para mirarlo. Parecía claramente turbada.

–No tenía ni idea de que dormías en un armario. Te he puesto en el dormitorio que hay al lado del mío, en el que yo dormí anoche.

–Oh...

–Pero, en realidad, dormirás en mi cama –añadió.

Al escuchar aquella parte de la noticia, Maisy se aferró a sus bolsas como si le fuera la vida en ello.

–¿Algún problema?

–No –respondió ella secamente–, por supuesto que no.

Evidentemente, lo había.

–No creía que lo hubiera –replicó con voz cortante.

Maisy echó a andar en la dirección de su nuevo dormitorio. Si pudiera llegar a él y cerrar la puerta, para poder rearmarse de nuevo antes de volver a verlo, todo saldría bien

Tal y como era de esperar, él la siguió al interior del dormitorio.

–¿Podría estar a solas un minuto? –le preguntó. Su voz sonaba ligera y despreocupada.

–No te he visto en todo el día, Maisy. ¿Acaso no me has echado de menos?

Alexei había cerrado la puerta y se había apoyado contra ella. Sin embargo, sus hermosos ojos azules ya no la miraban a ella. Observaban las bolsas.

La habitación tenía una pared entera de cristal, que daba a una terraza. Las vistas eran espectaculares. Sin embargo, Maisy se puso de espaldas a ella y dejó las bolsas en el suelo.

–No he tenido mucho tiempo de echarte de menos –replicó ella con voz seca–. He estado tan ocupada... ¿Te lo has pasado bien con Kostya?

Alexei le dedicó una tensa sonrisa y ella se dio cuenta de que su extraño comportamiento estaba teniendo su efecto en él. Se apartó de la puerta y se dirigió hacia ella de tal modo que Maisy dio un paso atrás. Si la tocaba en aquel momento, le pegaría. Alexei se limitó a dejar las bolsas sobre la cama.

–Ciertamente has estado muy ocupada. ¿Vas a renovar por completo el guardarropa?

–No. Solo he comprado unos cuantos vestidos. Hice la maleta para París, no para Italia. Hace mucho calor. Pensé que... Le he comprado a Kostya unos pantalones y un pijama precioso –añadió para tratar de llevar la conversación hacia aguas más neutrales.

Sintió que se le cortaba la respiración cuando Alexei tomó una bolsa que contenía lencería. No quería que él viera lo que había comprado. Había adquirido aquellas prendas antes de ver las revistas. Después, su actitud había cambiado radicalmente. Resultaba increíble lo

que provocaba verse a la cola de una larga fina de mujeres increíblemente atractivas.

—No —dijo ella mientras trataba de quitarle la bolsa.
Él se lo impidió.

—No puedes desilusionarme ahora, *dushka*. Es decir,
no creo que esta compra en particular la hayas hecho
para ti sola.

Alexei dejó caer las prendas íntimas sobre la cama.
Lo primero que llamó su atención fue un salto de cama
de raso en color marfil con adornos de encaje. Maisy se
llevó las manos a las sienes. No podía fingir que no había realizado aquellas compras para él.

Después de examinar el salto de cama, Alexei se cen-
tró en los conjuntos de braga y sujetador que había sobre la cama. Todos elegantes, en colores pálidos. Nada
escandaloso, nada descaradamente sexy... Todo parecía
querer recordarle que, aquella mañana, la ropa interior
de Maisy había sido de algodón.

De repente, se dio cuenta de que aquella sutil elegancia solo podría pertenecer a una mujer que había entrado en su vida sin la intención de seducir. Él podría haberle dicho que lo único que tenía que hacer era sonreírle
para que fuera suyo.

—Me gusta esto...

—No creo que sean de tu talla —replicó ella mientras
le quitaba las prendas de la mano—. No lo he comprado
para ti, sino para mí.

Alexei sonrió.

—Póntelo esta noche —le dijo, más abruptamente de
lo que había sido su intención.

Ella frunció el ceño.

—¿Se trata de una orden o de una petición?

—Y suéltate el cabello —añadió como si ella no hubiera hablado.

Maisy abrió la boca para decirle exactamente lo que pensaba, pero él le agarró uno de sus rizos y le hizo cosquillas con él por debajo de la nariz.

–No pongas esa cara, Maisy. Es solo sexo.

Con eso, se inclinó sobre ella para rozarle los labios con los suyos y, así, silenciarla muy eficazmente. Entonces, Maisy le colocó las manos sobre el torso y lo empujó.

–¿Maisy? –le dijo, completamente desconcertado.

–Pensaba que habíamos solucionado todo esto. Creía que teníamos un acuerdo.

–Está bien. ¿Cuál es el problema? –preguntó él tras echarse atrás–. Desde que hemos subido aquí, pareces muy nerviosa.

–Me has puesto en nómina. Creía que era una broma, pero no lo es. ¡Has hecho que ese horrible Carlo Santini me dé dinero!

–¿No se me permite gastarme dinero contigo?

–No te estás gastando dinero conmigo. ¡Me estás pagando! Y, para tu información, yo tengo mi propio dinero.

–No lo dudo, pero la vida va a ser muy cara para ti, Maisy. Ahora estás conmigo.

–¿Sí?

Maisy lo dudaba. No se sentía como si estuviera con él. ¿Cómo podía estarlo después de un único día? Era solo la chica que había caído accidentalmente en la cama de Alexei Ranaevsky mientras él estaba descansando entre modelo y modelo.

–No saques esto de quicio, Maisy.

–Me subestimas porque nunca he tenido un trabajo –dijo ella, sin saber ya lo que decía.

–¿De dónde te sacas eso?

–Lo dijiste anoche...

–Anoche dije muchas cosas, *dushka*. Quiero que las olvides y que te centres en el aquí y en el ahora.

–Tengo un trabajo, que es cuidar de Kostya.

–Esa vida se ha terminado, Maisy. Ha llegado el momento de dejarlo todo a un lado y enfrentarse a nuevos hechos en la vida.

–¿Qué hechos?

–La vida ha cambiado para ti. El horizonte se ha ampliado. Y tus pequeños ahorros no van a soportar esa carga, *dushka* –susurró lentamente–. Deja que te mime, Maisy.

Normalmente, esa frase le funcionaba a las mil maravillas.

Maisy lo miró con desaprobación.

–¿Significa eso que me vas a comprar un collar de diamantes?

La mirada de Alexei se endureció y se alejó de ella.

–Has estado leyendo la prensa sensacionalista.

–No. Las revistas. No es difícil encontrarte en ellas.

–¿Y esa es la razón de todo esto?

–Menudo eres tú, ¿verdad? –explotó ella antes de darle un buen empujón, aunque no pudo moverle ni un centímetro–. Una chica diferente para cada día de la semana. Bien, pues yo no voy a ser una de ellas, Alexei. Tengo mi propio dinero. Tengo mis propias joyas. Lo único que quiero de ti es...

Trató de encontrar un término neutral.

–*Da?* ¿Qué es lo que quieres de mí, Maisy?

–Sexo –le espetó ella–. Utilizo tus palabras. Solo sexo.

–Ahora nos entendemos –susurró él mirándola de arriba abajo.

Maisy se tensó. No se podía imaginar lo que él veía en ella. Ese era el problema. Sabía que eran sus propias inseguridades, pero ¿por qué no habían podido ser menos espectaculares sus antiguas novias, tal vez algo más corrientes?

Estaba buscando una razón. Alexei era guapo, alto, rico. Una joya. Y no para chicas como ella. Estaba a punto de preguntarle por qué, pero aquello habría sido demasiado humillante.

Alexei empezó a estudiarla como si fuera un rompecabezas. Ella dio un paso atrás y comenzó a meter la ropa interior de nuevo en la bolsa. No quería mirarlo. Se sentía una estúpida por haberse tomado tantas molestias en estar guapa para él, por haberse gastado un dinero que no se podía permitir en lencería que seguramente le parecía a Alexei modesta comparada con los que estaba acostumbrado.

—Estoy convencido de que esta mañana debería haberte atado a la cama —musitó Alexei.

Maisy se dio la vuelta y se dirigió hacia el vestidor. Cuando volvió a salir, él ya se había marchado.

Solo sexo. Eso era lo que él había dicho. Por fin lo sabía.

Capítulo 8

MAISY casi había dejado de sentir pena por sí misma, pero el hombre le estaba empezando a doler y se sentía algo irritada. Se dijo que lo único que deseaba era meterse en la cama, en su cama, pero no podía hacerlo. Tenía que bañar a Kostya y leerle un cuento antes de acostarlo. Después, tendría que entretener al hombre que le había puesto un collar de diamantes a Tara Mills alrededor del cuello.

Seguía sin entender por qué Alexei estaba con ella. Se quitó los zapatos y se dirigió descalza hacia la habitación de Kostya. Eran más de las seis y el niño estaba muy cansado después de aquel largo y emocionante día. En su media lengua, le habló de ponis y no hacía más que mencionar a otro niño, uno de los nietos de Maria. No obstante, principalmente hablaba de «Alessi». Maisy decidió que así era como debía ser

Mientras Kostya se bañaba, Maisy comenzó a sentirse muy cansada. De repente, Alexei apareció en el cuarto de baño, con el cabello húmedo, recién afeitado y oliendo a carísima colonia de hombre. De repente, ella se sintió profundamente agradecida por haberse pasado la tarde entre aceites y cremas que le daban a su piel y a su cabello un aspecto resplandeciente que su estado de ánimo no lograba igualar.

—Yo lo acostaré. Ve a arreglarte. Iré a buscarte para cenar.

«Ve a arreglarte». Maisy miró la jabonera y pensó si debería golpearle en la cabeza con ella.

–¿Maisy?

–Te he oído –respondió ella sin ocultar la irritación que sentía.

Alexei se preguntó qué diablos le ocurría mientras veía cómo se inclinaba para besar los rizos de Kostya y dejaba que los suyos cayeran sobre el pequeño. Era muy cariñosa con él. Cuando el niño le agarró un mechón y tiró de él, ella se echó a reír. Alexei vio a la Maisy que había conocido al principio. No se había dado cuenta de que aquella había desaparecido hasta aquel instante. Este hecho lo dejó atónito. Había estado tan ocupado justificando su comportamiento que se había olvidado de aquella dulzura, de la calidez que lo había atraído. Quería que regresara aquella Maisy, la que lo había saludado con solo una camisa o la que lo habría abrazado aquella misma mañana en el jardín.

Si Kostya no hubiera estado, la habría desnudado allí mismo y le habría hecho olvidar todas las discusiones y toda la ansiedad sobre el suelo. Sin embargo, sabía que el sexo no iba a ayudarlo a solucionar el problema con Maisy porque el sexo era precisamente el problema. Además, lo había estropeado todo aún más con las tarjetas de crédito que Carlo le había dado. Le había abierto una cuenta. Había hecho todo lo posible para que ella se pareciera al estereotipo que se había construido para poder manejar a las mujeres que entraban en su vida. Para neutralizar sus relaciones.

Si hubiera planeado apartarla de su lado, no lo habría hecho mejor.

Le agarró la mano. Ella pareció sorprendida. Entonces, Alexei le besó la palma. Era un gesto pensado para tranquilizarla, pero ella abrió los ojos de par en par, como si pensara que él iba a abalanzarse sobre ella allí mismo. De hecho, Maisy retiró la mano como si se hubiera quemado.

Alexei suspiró y dijo:

—No debería ser tan difícil, *dushka*.

Maisy trató de no cargar de significado sus palabras, pero, mientras se vestía, llegó a la conclusión de que, aquella tarde, había conseguido dañar seriamente el pequeño vínculo que habían construido en la cama aquella mañana.

Estaba frente al espejo, mirando cómo le quedaba su nueva ropa interior. Su imagen le resultaba desconcertante. Una Maisy más alta y voluptuosa, la mujer que solo había existido en sus fantasías. Comprendió que no había comprado aquella ropa interior para él, sino para ella. Para darse seguridad.

Entonces, tomó el vestido de raso negro y se lo metió por la cabeza. Este se deslizó como agua por su cuerpo, lo que provocó que el pulso se le acelerara mientras su silueta se transformaba con la ayuda de su lencería.

«Estoy bien», pensó. Se sentía segura. Se peinó y se maquilló. En aquel momento, se sintió tan hermosa como se había sentido aquella mañana, cuando tenía a Alexei dentro de su cuerpo y ella había sido el centro de su atención.

Lo echaba de menos y no sabía cómo recuperarlo. Estaba tratando de averiguarlo cuando alguien llamó a la puerta y la sacó de sus pensamientos.

Era Alexei. Estaba muy elegantemente vestido con un traje oscuro y camisa. El pulso de Maisy se aceleró.

Alexei se acercó a ella con una sonrisa en los labios

y le dijo algo en ruso. Algo que sonaba muy hermoso, con muchas erres y suaves vocales. Entonces, dijo otra cosa más, pero aquello sonó más picante.

–De repente, no tengo apetito –dijo por fin en inglés–. Olvidémonos de la comida y vayamos a lo importante.

Ella se cruzó de brazos con un gesto protector que borró la sonrisa de los labios de Alexei.

–Estaba bromeando, Maisy. El helicóptero nos está esperando. Tenemos una mesa reservada.

–¿Vamos a salir?

–Eso es lo que suele hacerse cuando se cena con una hermosa mujer.

Maisy se ruborizó. Alexei se relajó al ver que ella descruzaba los brazos y que parecía tranquilizarse un poco.

–No me puedo creer que vayamos a salir para que nos vea todo el mundo. Es como una cita de verdad, como la gente normal –comentó–. A excepción del helicóptero, claro.

–Yo también sé hacer cosas normales –afirmó Alexei.

Estaba empezando a entender que lo que le gustaba a Maisy eran los aspectos más tradicionales de las relaciones entre hombres y mujeres. Podía hacerlo. De repente, se preguntó si debería haberle llevado flores. Sin embargo, se dejó llevar por su instinto y le dio un delicado beso en la mejilla antes de tomarle la mano.

Maisy se iluminó y pareció salir flotando tras él. De algún modo, encontró el valor para subirse en el helicóptero y se aferró a él en la oscuridad, lo que hizo que su esfuerzo mereciera la pena.

Fue una noche mágica. El exclusivo restaurante estaba en Nápoles. Maisy jamás olvidaría que se bajaron de la limusina y que caminaron de la mano a través del centro histórico de la ciudad. Tenían un reservado, pero atravesaron el restaurante, que estaba lleno de comensales. Maisy sintió la emoción de hacerlo del brazo de Alexei.

A pesar de todas las emociones del día, tenía mucha hambre e incluso probó el plato de Alexei. Mientras tomaba el postre, supo enseguida lo que tenía que hacer aquella noche para que fuera completamente perfecta.

—Quiero hacer el amor contigo —replicó ella antes de que pudiera perder el valor.

Sintió que a Alexei se le cortaba la respiración al escuchar aquellas palabras. Resultaba gratificante, emocionante. Por primera vez desde que se conocieron, Maisy se sintió como si ella hubiera tomado las riendas.

—¿Nos vamos a casa? —sugirió.

Alexei no le llevó la contraria.

Algo había cambiado en Alexei. Maisy lo notó en el momento en el que entraron en la casa. Alexei atravesó el vestíbulo y comenzó a subir la escalera como si tuviera prisa.

Maisy lo siguió. Ya no iba de su mano y se sentía completamente arrastrada por él. Y eso que había pensado que había tomado las riendas. Sin embargo, no le importaba demasiado. Si él quería comportarse como un cavernícola, a ella no le importaba ser lo que él se llevaba a su cueva.

Desgraciadamente, Carlo Santini salió a su encuentro cuando llegaron al último piso. Alexei lanzó una maldición al verlo. Entonces, tras hablar con Santini en ruso, se volvió hacia ella con elaborada cortesía y, ya en inglés, le dijo:

—Ha surgido una pequeña emergencia, Maisy. Puede que tarde algún tiempo...

No la tocó. No la besó. Simplemente se marchó. Completamente desilusionada, Maisy se inclinó y se quitó los zapatos. Descalza, se dirigió a su dormitorio. Se sentía muy excitada, pero no tenía intención de meterse en la cama de Alexei por si él regresaba pronto y quería disponer de ella. El momento había pasado.

No sabía por qué, pero ver a Carlo Santini le había recordado la clase de relación que había entre ellos. Alexei tenía su vida, su trabajo y una mujer para divertirse. En aquellos momentos, daba la casualidad de que esa mujer era ella.

Se desnudó y sacó su vieja camisola para dormir, una larga camiseta blanca con un ratón de dibujos animados en la parte delantera. La había lavado mil veces. Cuando se la puso, deseó volver a tener una vida sencilla, la vida que había tenido antes de conocer a Alexei.

Se acurrucó en la cama y pensó en Anais durante un rato antes de dormir. Entonces, bostezó y se abrazó a la almohada. La cama le resultaba grande y vacía, pero estaba acostumbrada a dormir sola.

Volvió a recuperar la consciencia con un suspiro. Una mano de hombre le acariciaba la cara interior del muslo. Se sobresaltó y se echó hacia atrás, cayendo más plenamente entre los brazos de quien la había despertado.

–Alexei, me has asustado –musitó, aún medio dormida.

–Perdóname, *dushka*. No quería despertarte –susurró él, pero comenzó a besarle el cuello del modo que sabía que a ella le gustaba.

–No puedo hacer esto –protestó ella, pero Alexei ya le estaba levantando la camiseta. Ella se revolvió y se apartó de él–. No. Para. Necesito dormir.

–¿Dormir? –preguntó él con incredulidad.

–Sí. Y creo que tú también

Maisy ansiaba que él la tomara entre sus brazos y la obligara a cambiar de opinión, pero Alexei se levantó de la cama.

–¿Adónde vas? –le preguntó ella.

–Necesito una ducha, si te parece bien. Fría.

Maisy se tapó de nuevo, pero, a medida que fueron pasando los minutos, sintió que se echaba a temblar. Oyó que él abría el grifo de la ducha y que se cerraba. En cualquier momento, él volvería a salir...

Oyó que la puerta se abría y se cerraba. A la luz de la luna, vio que él estaba recogiendo la ropa que ella había dejado sobre el suelo.

–¿Qué estás haciendo? –quiso saber ella.

Alexei no respondió. Maisy dedujo que él se marcharía cuando hubiera terminado, pero no fue así. Se metió en la cama junto a ella y solo se pudo escuchar el sonido de su respiración, tranquila y profunda. Por el contrario, la de Maisy estaba completamente acelerada.

–¿Cuál era esa emergencia? –le preguntó.

Alexei estuvo en silencio tanto tiempo que ella pensó que no iba a contestar.

–Tenía que ver con una empresa maderera.

–¿Nada serio? –inquirió mientras se daba la vuelta para mirarlo.

Alexei estaba tumbado de espaldas, completamente desnudo, con un brazo detrás de la cabeza. Estaba mirando al techo y no a ella, pero Maisy notó que él estaba muy cansado y, por primera vez, se dio cuenta de que el trabajo nunca terminaba para él.

–Me he ocupado de lo más esencial. Lo demás puede esperar hasta mañana.

Maisy comprendió que había dejado cosas sin terminar para volver a su lado. Antes de que pudiera disfrutar con aquella sensación, recordó a Carlo Santini. Recordó a todas las mujeres.

Sin embargo, Alexei estaba allí, en la cama con ella.

–Esta noche me lo he pasado muy bien. Quiero darte las gracias –susurró.

Alexei giró la cabeza y la miró.

–Estabas muy contenta. Ahora estás temblando.

Entonces, su cuerpo se movió. Levantó la ropa de cama y la tomó entre sus brazos. A pesar de la ducha fría, su cuerpo estaba tan caliente como el sol. Emanaba calor y suavidad, pero ella no podía relajarse.

–Háblame –le susurró él–. Cuéntame cómo acabaste con los Kulikov. ¿Conociste a Anais en el colegio?

–Sí. Anais entró en St. Bernice cuando teníamos catorce años. Ella era alta y delgada y yo era una empollona regordeta.

–¿Erais íntimas amigas?

–A mí me acosaban porque no provenía de la familia adecuada y Anais me defendía. Siempre le estaré agradecida por ello.

–¿Qué ocurrió cuando terminasteis el colegio?

–Anais se hizo modelo y yo...

Maisy respiró profundamente. Jamás le había contado a nadie aquella historia y le resultaba extraño hacerlo en aquel momento, pero la oscuridad ayudaba.

–Mi madre se puso enferma y yo tuve que cuidarla.

–Entiendo.

No lo entendía. Jamás podría saber lo que habían significado aquellos dos años para ella. Tan solo era una niña y le habían arrebatado su juventud.

–Tu madre está muerta –dijo él, de repente.

–¿Cómo lo sabes? Ah, el detective.

–No. No hice que llegaran tan lejos. Lo sé porque no has llamado a Inglaterra. Toda las chicas llaman a sus madres alguna vez.

–Aunque mi madre estuviera viva, seguramente tampoco la llamaría.

–¿Qué ocurrió?

–Era madre soltera. Solo tenía dieciséis años cuando yo nací. Siempre me decía que yo le arruiné la vida. Entonces, enfermó de cáncer y me necesitaba.

Alexei le acarició suavemente el cuello.

–¿Qué ocurrió después?

–Me encontré con Anais en unos grandes almacenes de Londres tan solo unas semanas después del entierro de mi madre. Yo estaba... desconcertada. Y, de repente, allí estaba ella. Estaba embarazada de Kostya y me dijo que quería que me fuera a vivir con ella para que la ayudara. No tenía hermanas y no se llevaba bien con su madre.

–Eso lo teníais en común. ¿Y te quedaste con ella?

Maisy guardó silencio. No sabía qué decir. Alexei se estaba acercando a terreno peligroso.

–¿Jamás pensaste en volver a estudiar?

–Después de que mi madre muriera, pensé en ir a la universidad. Había conseguido plaza, pero no pude ir por mi madre. Entonces, Anais apareció y tomé mi decisión. No lo lamento.

–Estoy seguro de que Leo te podría haber conseguido un trabajo en una de sus empresas. Sé que eres una mujer inteligente, Maisy.

–Bueno, tenía que cuidar al bebé. Eso no te da mucho margen para tener vida social y menos para tener un trabajo.

–Háblame de tu único amante –dijo Alexei mientras le acariciaba suavemente el cabello–. ¿Tenías una relación con él?

–Sí. Mira, en realidad no quiero hablar de eso –susurró ella–. Ocurrió. Ya está.

–¿Te parece normal el hecho de tener una relación

con un hombre, perder la virginidad con él y que no se repita la experiencia?

—Yo lo dejé.

—¿Cuánto tiempo estuvisteis juntos?

—Seis semanas.

—¿Una relación tan larga?

Maisy perdió la paciencia.

—Está bien, ya sé lo que piensas. No soy sofisticada y tuve una única relación sexual patética con un tipo patético en un apartamento patético, pero mira, ahora he progresado. Mejor sexo con un muchacho mejor en una cama mejor.

—¿Mejor sexo? —repitió él, riendo—. El sexo es fantástico, *dushka*. El mejor del que yo he disfrutado nunca.

Maisy lo miró fijamente. ¿Había hablado en serio?

—Y, para tu información —añadió él—. Yo no soy un muchacho. Soy un hombre. Esa es la diferencia.

Maisy lo sabía. Alexei le había dejado clara la diferencia desde el primer día.

—Ojalá te hubiera conocido entonces —susurró él.

—No me habrías dado ni la hora.

—Eso no es cierto. Te habría llevado a un lujoso hotel y te habría quitado la virginidad con mucho más cuidado que ese tipo del apartamento patético —afirmó.

Maisy apretó la sien contra su torso. Durante un instante, se permitió creer aquellas palabras. Alexei la estaba acariciando. Sus manos se deslizaban por la cintura, la espalda y las caderas de Maisy con movimientos circulares, pero no con intención sexual. Solo la estaba haciendo entrar en calor.

—Alexei...

—¿Sí?

—Ojalá hubieras sido tú —confesó ella—. Sé que solo estamos teniendo una aventura, pero me habría gustado que fueras tú.

Las manos de Alexei dejaron de moverse. De hecho, pareció que él había dejado también de respirar.

–Es lo que siento –añadió ella muy nerviosa. Se preguntaba qué significaba aquella inmovilidad.

Alexei le hizo levantar la barbilla con un gesto de su enorme mano y la besó apasionadamente.

De repente, sus manos desaparecieron bajo la camisola que ella llevaba puesta y le cubrieron los senos. Maisy sintió que el cuerpo se le aceleraba sin que pudiera evitarlo. Seguía temblando, pero era imposible no responder a Alexei. Seguía siendo suya. Ya lo sentía contra su sexo, que estaba húmedo para él. Alexei la penetró con un único movimiento y ella comenzó a moverse debajo de él, sin importarle nada más que la furia que la empujaba a levantarse. Maisy no se reconocía.

Alcanzó el clímax tan rápidamente que estuvo a punto de echarse a llorar, pero Alexei siguió moviéndose dentro de ella. Maisy se aferró a él y le clavó las uñas con fuerza en los músculos de los hombros cuando sintió que comenzaba de nuevo a excitarse. No dejaron de besarse y Alexei la miraba constantemente por lo que, cuando ella volvió a alcanzar de nuevo el orgasmo, él la acompañó. Sin embargo, en aquella ocasión fue diferente. Sintió cómo Alexei se vertía dentro de ella. Permaneció allí, sin moverse. Maisy sintió cómo el corazón comenzaba a latirle más lentamente y cerró los ojos.

–No es una aventura –musitó él. Entonces, se incorporó un poco y le enmarcó el rostro entre las manos–. No es una aventura...

Alexei le concedió a Kostya los tres días que había prometido. Le llevó al mar y se bañó con él entre las olas. Después, construyeron juntos castillos de arena para que el mar pudiera destruirlos.

Maisy se refugiaba bajo un enorme sombrero y una camisa porque el sol nunca había sido complaciente con ella. Devoraba con los ojos a Alexei, que llevaba un bañador que no hacía más que excitar más aún sus eróticos pensamientos. Su piel dorada parecía burlarse de las pecas que cubrían la blanca piel de Maisy.

Cuando él se levantó y se dirigió hacia ella, Maisy sintió una oleada de tórrido deseo. Él no dejaba de observar las suntuosas curvas de su cuerpo y el favorecedor bikini que ella llevaba puesto.

La noche anterior se había producido un cambio en su relación. Las tensiones entre ellos parecían haberse evaporado y, en aquella playa privada, Maisy se sintió feliz. Era como si su cuerpo se hubiera despertado por fin de un largo sueño como la Bella Durmiente. Su apuesto príncipe parecía devorarla con la mirada.

Habían decidido que no se mostrarían afecto delante de Kostya, pero Maisy había comenzado a arrepentirse de haber accedido a aquello, sobre todo cuando Alexei se tumbó en una hamaca al lado de ella. Su cuerpo relucía por el agua del mar. Sus húmedas pestañas enmarcaban perfectamente sus maravillosos ojos. La estaba observando y parecía relajado y feliz. El serio y frío Alexei había desaparecido.

Kostya se colocó bajo la sombrilla y comenzó a jugar con una pala sobre la arena. Alexei extendió la mano y ella le dio la suya, rompiendo así la regla. La paz y la serenidad del momento los envolvió a ambos.

–Tengo que volar a Ginebra el viernes –dijo él de repente–. Quiero que vengas conmigo.

–Creo que Kostya y yo deberíamos quedarnos aquí –respondió ella de mala gana–. Él está empezando a sentirse cómodo aquí y creo que estaría mal romper ese proceso.

–Maria puede cuidar de él. Solo serán dos días y una noche.

–Es demasiado –respondió ella muy a su pesar–. No puedo dejarlo, Alexei. ¿Te importa?

–Claro que me importa, pero lo comprendo –dijo mientras le acariciaba la palma de la mano con el pulgar–. Leo no tuvo padres durante los primeros ocho años de su vida. Podría explicar el hecho de que no dedicara a su hijo el tiempo que debería haberle dedicado. Yo no cometeré ese error.

Maisy lo miró. Ella desconocía aquel detalle, pero la admisión de Alexei sirvió para curar la herida que sus palabras de la otra noche habían abierto. Él la creía o, al menos, estaba dándole el beneficio de la duda.

–Sin embargo, viajo mucho, Maisy. Kostya va a tener que acostumbrarse a eso.

Ella trató de no prestar atención al hecho de que no la había mencionado a ella en aquella frase. Se trataba de la vida de Kostya, no de la suya.

–Tal vez dentro de unas semanas, cuando se encuentre más seguro.

–Una semana. Le doy una semana. Entonces, te quiero conmigo. Yo no puedo detener mi vida, Maisy. No puedo. Además, tú te volverás loca aquí sola. Me necesitas para que te entretenga.

–¿Cómo me vas a entretener si estás trabajando?

–Nueva York, París, Roma, Praga... ¿No quieres ver esas ciudades?

–Quiero estar contigo –dijo ella sencillamente. Y era verdad.

Alexei no respondió, pero no le soltó la mano. Maisy sintió que no se la soltaría mientras durara lo que había entre ellos. No quería pensar en cómo se sentiría cuando él por fin se la soltara.

Capítulo 9

HUELES tan bien...
Estaban en el apartamento que él tenía en París. Tenía unas vistas espectaculares del Sena y de las torres de Nôtre Dame. Era la primera vez que Maisy iba allí y se sentía completamente abrumada por lo que veía. Había esperado muebles modernos, acero y cristal, pero la decoración era de estilo Luis XVI, en dorado y crema. Era como entrar en la mansión parisina del siglo XVIII. A ella le encantaba.

—No llevo perfume.

—Lo que sea... —susurró Alexei mientras le mordisqueaba el cuello.

—Solo uso jabón de mandarina. Eso es probablemente lo que hueles...

—Te huelo a ti, Maisy —le gruñó él al oído. Sus grandes manos le cubrían la cintura mientras la tomaba entre sus brazos.

—Tú también hueles muy bien —admitió ella.

—Loción para después del afeitado y jabón. Nada del otro mundo.

Sin embargo, todo en él era de otro mundo. Maisy se sentía completamente adorada entre sus brazos. Alexei gritaba su riqueza, su poder y su buen gusto a los cuatro vientos, pero, cuando estaba con ella, en la cama, se ponía al mismo nivel que Maisy. Se despojaba de todo hasta quedarse en solo lo esencial. Solo era un hombre, un igual para ella, la mujer que él deseaba.

Las curvas que le habían hecho caer en la desesperación en Londres eran lo único que él quería en la cama. Nada de lo que ella decía o hacía con él en la cama estaba mal. Los halagos que él le decía acrecentaban su confianza. Sin embargo, el resto del tiempo, Maisy no se sentía bien.

Iban constantemente de un sitio a otro. Nápoles, Roma, Moscú, Madrid... Maisy estaba siempre en una limusina, sola o con Kostya, entrando en las suites o en los apartamentos que él tenía en muchas ciudades. En algunas ocasiones, iban a cenar a lugares íntimos. Ciertamente, él no exhibía su relación. Otras veces, ella cenaba sola. Alexei afirmaba que Maisy se aburriría en las cenas de negocios.

Aquel día en París, con Alexei en reuniones y con Kostya con los niños de unos amigos de los Kulikov, que estuvieron encantados de volver a ver al pequeño, Maisy salió a la calle con unos cómodos zapatos planos y se fue de compras.

Cuando regresó a las siete, se sentía ligeramente deprimida y le dolían los pies. La experiencia no había sido tan divertida como ella había anticipado.

Alexei había quedado desconcertado cuando llegó a casa temprano con la intención de sorprenderla y se enteró de que ella había salido. Observó las bolsas que había sobre la cama como si fueran extraterrestres

Ella sacó un par de vaqueros y unas cómodas camisetas y las colocó en un ordenado montón. Entonces, sacó el precioso vestido de seda fucsia que había sido su compra más importante del día. Se lo mostró a Alexei.

–Los desfiles son la próxima semana, *dushka* –comentó–. Te llevaré.

Maisy se aferró a su vestido. ¿Aquello era lo único que se le ocurría decir?

–No me puedo permitir la alta costura. Sé que tú quieres que me vista así y te lo agradezco, pero hoy quería comprarme algo mío. Resulta raro llevar siempre ropa prestada.

–Maisy, esa ropa te pertenece. Yo las compré para ti. Todo es tuyo.

–Oh –susurró ella mientras se sentaba en la cama sin soltar el vestido.

–La mayoría de las mujeres estarían encantadas.

Lo de «la mayoría de las mujeres» fue la gota que colmó el vaso.

–¿Es así cómo funcionabas en el pasado? ¿Vestías a las mujeres con las que estabas?

Aquella era la primera vez que Maisy sacaba el tema desde la conversación de Ravello.

–No...

–Tara Mills, Frances Fielding, Kate Bernier... –dijo ella sin mirarlo–. Supongo que a ellas también las vestías.

–¿Cómo diablos has conseguido esos nombres?

–Los he leído en las revistas. No importa, Alexei. Todo el mundo tiene un pasado.

–No me gusta que me hayas investigado, Maisy. Si quieres saber algo sobre mi vida, solo tienes que preguntármelo a mí –comentó. El tono de su voz era muy razonable, pero sus ojos tenían el brillo del acero.

–Pues a mí me parece recordar que tú me investigaste a mí –le espetó.

–Sí, porque estabas cuidando de mi ahijado.

–Y yo he buscado cosas sobre ti porque me acuesto contigo todas las noches.

–Preferiría que no buscaras información sobre mí en la prensa sensacionalista.

–Tienes razón. Entonces, si no las vestiste a ellas, ¿por qué me vistes a mí?

–Me imaginé que así podría facilitarte las cosas

Maisy no se lo creyó. Estaba convencida de que Alexei se sentía avergonzado de ella.

–Creo que es mejor que yo me compre mi propia ropa –dijo ella con la voz muy tranquila a pesar de lo enfadada que se sentía–. Comprarme un guardarropa entero no es un regalo. Resulta impersonal.

–¿Impersonal?

–Sí. Es como si estuvieras intentando comprarme.

Entonces, Alexei dijo algo que no debería haber dicho.

–Jamás he pagado por tener sexo en toda mi vida.

–Yo... –tartamudeó Maisy–. Yo estaba hablando de nuestra relación.

En aquel momento, se dio cuenta de que no había relación. Solo era sexo. Alexei siempre había dicho que era solo sexo.

–Llevo una vida pública –contestó él mientras paseaba por la habitación, más tenso de lo que Maisy lo había visto nunca–. Tienes que ir bien vestida si te van a ver conmigo. Por eso, no te puedes poner eso –añadió señalando el vestido que ella tenía en el regazo–, para venir a cenar esta noche.

Maisy no había pensado ponérselo. Era un vestido de día. Se sintió completamente furiosa.

–Este vestido no tiene nada de malo.

–Te quiero con el vestido de seda color champán que te pusiste en Roma.

–No.

–Bien.

Alexei se apartó de ella y se quitó el reloj y los gemelos. Tras dejarlos sobre la mesilla de noche, se dirigió al vestidor.

–¿Adónde vas?

Él no respondió. Reapareció un minuto más tarde, completamente desnudo.

—Voy a darme una ducha.

—Te repito que voy a ponerme lo que yo quiera ponerme —insistió ella.

—Haz lo que quieras —replicó—. Ya no hay invitación.

Maisy lo miró boquiabierta. ¿Qué quería decir con eso? ¿Que no iban a salir a cenar? No se podía creer lo que acababa de ocurrir. ¿Se había enfadado con ella porque se había comprado su propia ropa y se negaba a ponerse la de él?

Oyó que el grifo de la ducha se abría. Permaneció sentada, pensando. Había sido un día muy largo. Decidió que lo mejor era que utilizara unos minutos para tranquilizarse. Entonces, tomó su cepillo y su bolsa de aseo y entró en el cuarto de baño. Alexei se estaba secando con una toalla. Pareció sorprendido de verla, pero Maisy lo ignoró. Se soltó el cabello y comenzó a peinárselo con fuertes movimientos de cepillo.

—Me gustaría tener un poco de intimidad, Maisy.

—Mala suerte —replicó ella mientras tomaba su acondicionador en spray y lo pulverizaba.

Alexei se puso una toalla alrededor de las caderas y se marchó. Maisy siguió peinándose. Se realizó un elegante recogido y luego se maquilló. Cuando salió del cuarto de baño, Alexei se había puesto ya los pantalones y se estaba abrochando la camisa. Comprendió que él iba a salir.

Sin ella.

—¿Adónde vas?

Cuando él no respondió, Maisy le arrojó el cepillo que aún tenía en la mano a las piernas, aunque falló estrepitosamente. Entonces, sin saber muy bien lo que estaba haciendo, se quitó la sencilla camisa que había es-

tado llevando puesta todo el día, se desabrochó el sujetador y se quitó las braguitas.

Estaba de espaldas a él. Nunca antes se había desnudado delante de él a lo largo de todas aquellas semanas.
Lo consideraba un acto muy íntimo, que le hacía sentir
vulnerable. Otra cosa era estar en la cama con él y des-
nudarse allí.

Vació la bolsa de ropa interior que se había comprado y tomó un sujetador y unas braguitas transparen-
tes que le habían costado más que su bonito vestido.
Ninguna de las dos prendas era en absoluto práctica
para ponerse en ningún otro sitio que no fuera el dormitorio y para seducir a un hombre.

Cuando terminó de colocarse los pechos en la copa
del sujetador, miró a Alexei por encima del hombro. No
había avanzado nada con los botones de su camisa.

–Ven a ayudarme –le dijo.

Él no lo dudó, lo que acrecentó la seguridad que ella
tenía en sí misma. Cuando él estaba muy cerca, se dio la
vuelta y desató el lazo que llevaba el sujetador entre las
copas. El peso de los senos hizo que estas se separaran.

–Átamelo.

Alexei movió obedientemente las manos, aunque
para deslizarlas por debajo de la tela. Comenzó a acariciarle los pezones con los pulgares.

–Eso no me está ayudando –susurró ella.

–Tú lo has empezado. Yo lo voy a terminar.

El deseo se apoderó de ella. Le agarró la cinturilla
de los pantalones y trató de desabrocharle los botones
sin ser capaz de conseguirlo. No importó. Él la levantó
y dejó que Maisy le rodeara la cintura con las piernas.
En vez de utilizar la cama, la empujó contra la pared y
le apartó las braguitas. Tras comprobar que ella estaba
más que lista para recibirle, la penetró.

Maisy echó la cabeza hacia atrás. Alexei ocultó el rostro en el cuello femenino y comenzó a hundirse en ella con poca delicadeza y un gran grado de energía. Maisy no podía contener los sonidos que se le escapaban de los labios y que indicaban claramente el inmenso placer que estaba sintiendo.

La sorprendió que pudiera ser así. Entonces, cayó en la cuenta de que no se había puesto preservativo. Tal vez él se dio cuenta al mismo tiempo, porque pareció hacer ademán de apartarse de ella. Sin embargo, su impetuoso deseo pareció ganar la batalla. No obstante, la hizo deslizarse por la pared y, en cuanto los pies de Maisy tocaron el suelo, se apartó de ella y se vertió sobre el vientre desnudo de Maisy. A ella le pareció que jamás había visto algo tan hermoso. Se sintió como una diosa. La ira había desaparecido al ver la esencia de Alexei sobre su piel.

Él se disculpó y se inclinó sobre ella. Tenía la cabeza baja y la respiración agitada. A Maisy le encantaba ver lo que era capaz de hacerle.

Alexei aún tenía la camisa puesta. Se había quitado los calzoncillos y los pantalones.

—Tú no has tenido un orgasmo —le susurró al oído.

—No importa —le dijo mientras lo abrazaba. Necesitaba aquella cercanía.

—Puedes ponerte lo que quieras para salir a cenar. Podemos cenar aquí. Lo que tú quieras.

Maisy se aferró a él. Su instinto le decía algo que no quería escuchar en aquellos momentos. Resultaba más fácil tomarle la palabra. Aquel era el poder que tenía sobre él. Acababa de manipular una situación con el sexo, algo que jamás hubiera hecho antes. La relación con Alexei la estaba cambiando. Los estaba cambiando a ambos.

No quería ser esa mujer. No quería ser de aquel modo

con Alexei. Quería una relación sincera y real. Quería que él la amara. Aquel pensamiento hizo que, por primera vez, viera las cosas con claridad. Estaba enamorada de él.

Quería que él la amara a ella igual que ella lo amaba a él. Se había enamorado de él desde el primer momento, cuando había reconocido en él algo que necesitaba desesperadamente.

En aquel momento, todas las señales de peligro estaban en rojo.

Cuando regresaron a Ravello, Alexei soñó aquella primera noche con San Petersburgo. Él tenía ocho años y estaba en las calles. Formaba parte de un grupo de chicos que vivían de lo que encontraban. No podía recordar a su padre, pero aún podía ver el hermoso rostro de su madre. Cuando se inclinó sobre él, notó el fuerte olor del alcohol en su aliento. Le prometió que regresaría a buscarlo dentro de unos días, pero jamás lo hizo.

Se despertó cubierto de sudor y temblando. Todo estaba oscuro..

Maisy se despertó al escuchar un grito. Se sentó en la cama y vio que Alexei estaba despierto. Había muy poca luz como para que pudiera verle el rostro, pero sentía que estaba muy tenso. Él había tenido otro de esos sueños. Extendió la mano en la oscuridad y se la colocó sobre el pecho. Notó que estaba muy caliente y que su respiración estaba muy acelerada.

—¿Te encuentras bien?

Alexei se dio la vuelta y se puso de espaldas. Maisy no sabía qué hacer. La otra vez que se había despertado en medio de la noche de aquella manera, él había fingido volver a quedarse dormido, aunque los dos sabían que no había sido así.

–Alexei... Háblame –susurró ella. Le abrazó por la cintura para consolarlo.

Él le buscó las manos. Las entrelazó con las suyas y se sintió más tranquilo.

–Kostya estará bien –dijo, casi para sí mismo.

Maisy se puso en estado de alerta. Algo iba mal. Muy mal.

–Por supuesto que sí...

Habían pasado ya un par de semanas desde que le dijeran al niño que sus padres habían muerto. Habían sido unos días difíciles, durante los cuales Maisy había roto su regla por las noches. Se había llevado a Kostya a la cama. Alexei se había ofrecido a marcharse a la otra cama, pero el niño había insistido en que su querido «Alessi», se quedara también. Parecían una familia, todos juntos en aquella enorme cama.

–Lo protegeré –afirmó Alexei.

–Lo sé –susurró ella mientras le acariciaba la espalda.

De repente, él se apartó de ella bruscamente y encendió la luz.

–Pero no puedo protegerlo de ti, ¿verdad?

–¿De qué estás hablando, Alexei?

–Estoy hablando de que te vas a marchar, Maisy. Los dos sabemos que hay fecha límite.

Ella lo miró fijamente. De repente, sintió un escalofrío en la espalda.

–¿Por qué me estás atacando así?

Entonces, Alexei dijo las palabras que ella más había estado temiendo.

–No puedo seguir haciendo esto, Maisy.

Una pequeña parte del corazón de ella se había permitido pensar esperanzada en un futuro con él. Vestido blanco, felicidad compartida, hijos... Las cosas que había anhelado cuando era una niña y su mundo era en blanco y negro. Las cosas que jamás tendría con Alexei.

–Entiendo.

–¿Eres feliz conmigo, Maisy?

–Sí –susurró ella. Jamás había sido tan feliz.

–Nunca vas a ninguna parte. Nunca ves a nadie.

–Te veo a ti. Veo a Kostya...

–No podemos seguir así. Está empezando a afectarme los nervios –dijo, mirándola por fin–. Necesitamos estar con otras personas, salir al mundo, o esto jamás va a ser normal.

Estaba tratando de persuadirla para que se marchara.

–¿Tú quieres ver a otras personas?

–Tal vez necesites un trabajo –comentó sin responder la pregunta de ella–. Necesitas una vida propia.

–Ya tengo un trabajo. Cuido de Kostya. Tengo una vida.

–¿Durante cuánto tiempo?

–Creo que eso más bien depende de ti –le espetó ella. Ya se lo había dicho.

–Si de mí dependiera, jamás saldrías de mi cama.

Sin embargo, la expresión de su rostro no se había suavizado. Ella sabía que aquella noche no le diría nada más. Debería presionarle, pero no dejaba de recordar las palabras que él acababa de decir. «No podemos seguir así...».

–¿Podemos volver a dormirnos? –le preguntó, aunque aquello era lo último que deseaba hacer.

Alexei apagó la luz. Maisy esperó a que la tomara entre sus brazos, pero no lo hizo. Permaneció sentado en la cama, en silencio.

Ella se dio la vuelta y se acurrucó todo lo que pudo, pero tampoco pudo dormir. El futuro era baldío sin él.

—Viene un grupo de gente a mediodía. He pensado que los iba alojar en el yate en vez de traerlos hasta aquí, pero algunos se van a quedar a pasar la noche. ¿Crees que te sentirás cómoda?

Aquella mañana estaba muy guapo. Llevaba un polo color verde oliva y unos chinos. Se acababa de afeitar y sin duda olía tan bien como siempre, aunque Maisy no lo sabía porque él ni siquiera le había dado un beso desde su conversación de la noche anterior.

Y encima aquello. ¿Que iba a llegar un grupo de personas a la casa? Era la primera noticia que tenía.

—Normalmente se me da bien la gente —respondió ella. Estaban desayunando en el comedor.

—Lo sé. Te he visto. Todos los empleados te adoran —dijo él mientras se tomaba su *espresso*—. Sin embargo, después de hoy será oficial. Todo el mundo querrá saber quién eres —añadió. Giró la cabeza lentamente y la miró con sus impresionantes ojos azules—. ¿Qué les digo?

«Que soy tu novia. Que te amo. Que estoy enamorada de ti desde el primer momento en que te vi. Que significas todo para mí».

—Diles que me llamo Maisy Edmonds y que cuido de Kostya. Y que, cuando he terminado de supervisar sus comidas y me he asegurado que duerme bien, tranquilo, me ocupo de ti.

Alexei extendió las manos y le agarró las muñecas. Entonces, la obligó a sentarse sobre su regazo, lo que ella hizo con la espalda rígida y tensa, sin mirarlo.

–Te enviaré un coche a la una. Carlo te acompañará.

–Odio a Carlo...

–¿Qué es lo que te ha hecho? –preguntó Alexei muy sorprendido.

–Es un arrogante. Cree que tú me has comprado. Lleva pensando lo mismo desde que me dio tus estúpidas tarjetàs y tu smartphone.

–No te he visto nunca usarlo.

–Lo metí en un cajón. No lo necesito. No necesito nada.

–Pues ese dinero es para que te lo gastes, *dushka*. Quiero que te diviertas.

Maisy suspiró. Él jamás iba a comprender lo que ella sentía.

–Ya te lo he dicho, Alexei. No quiero tu dinero.

De repente, comprendió que él le había abierto una cuenta bancaria, pero ni siquiera le había regalado un ramo de flores. Además, aquel día tenía que enfrentarse a un montón de desconocidos. ¿Cómo la iba a presentar Alexei? ¿Como su último accesorio?

–¿Podrías estar lista a la una?

–¿Acaso tengo elección?

Alexei le acarició la curva de la mandíbula y la animó a mirarlo.

–Creo que te he dicho ya antes, *dushka*, que siempre tienes elección. Tomaste la primera elección cuando decidiste estar conmigo y ahora necesito que cumplas tu palabra un poco más –dijo. La obligó a levantarse de su regazo–. Vete. Te he organizado un poco de ayuda para que te arregles.

Maisy se quedó atónita por aquella enigmática afirmación. Estaba ordenando la ropa de Kostya cuando

Maria le dijo que había llegado una estilista para ayudarla a prepararse para la fiesta. Maisy bajó a recibirla.

La estilista la depiló, la masajeó, la maquilló, la cepilló, la desnudó y la obligó a ponerse un vestido de seda y gasa de color rosa con finísimos tirantes que le acariciaba suavemente los senos y le cubría a duras penas las rodillas. Le trenzó cuidadosamente el cabello y se lo recogió maravillosamente. La había maquillado tan bien que sus ojos parecían estanques misteriosos y su boca tenía el aspecto tan fresco de una rosa.

Jamás se había sentido tan hermosa como en aquel momento.

–*Bellisima...* –murmuró la estilista.

Maisy parpadeó rápidamente. No quería que las lágrimas le estropearan el maquillaje.

–Nunca antes me había llorado una de mis clientas –añadió la mujer mientras le secaba cuidadosamente los ojos.

No era el vestido lo que la había emocionado, ni el maquillaje ni su aspecto. Tan solo estaba pensando que si Alexei la viera así, tal vez decidiría quedársela un poco más de tiempo y que tal vez así ella tendría la oportunidad de enfrentarse a la mala costumbre que él tenía de tratar a las mujeres como si fueran juguetes.

No quería terminar como su smartphone, en un cajón.

Maisy permaneció a cubierto en la lancha motora que los llevó al palacio flotante que era el *Firebird*.

Era la primera vez que visitaba el yate, aunque Alexei se lo había mostrado con los prismáticos. Cuando vio su tamaño de cerca, Maisy comenzó de nuevo a pensar en lo que tanta opulencia debía de significar para el ego de una persona. Sin embargo, a pesar de toda su riqueza, Alexei era un hombre muy sencillo. Era una de las razones por las que se había enamorado de él.

El yate bullía de actividad. De repente, ella se sintió muy nerviosa. Aquellas personas eran los amigos de Alexei y eso la ponía más nerviosa aún. Decidió que tenía que recuperar la compostura y recordar que no había nada fuera de lo corriente en su situación. En aquel mundo, las amantes eran un añadido inesperado a un hombre de éxito.

Cuando entró en el salón principal, vio personas en la cubierta que se esforzaban por verla. Maisy no estaba segura de que aquello le gustara. El miembro de la tripulación que la acompañaba llamó a una puerta y le hizo una inclinación de cabeza a Maisy antes de retirarse.

—Entra.

Maisy se sentía extraña al tener que esperar que Alexei le diera permiso para acudir a su presencia. Vio que se estaba poniendo unos gemelos y que, cuando la vio, uno de ellos se le cayó al suelo. Cuando Maisy fue a recogérselo, él se lo impidió.

—No. Quiero mirarte —susurró. Resultaba evidente que admiraba el aspecto que ella presentaba—. Estás tan diferente...

—Es el cabello y el maquillaje, pero debajo de todo esto sigo siendo yo. ¿Vas a besarme?

—Por supuesto —dijo. Le rozó la mejilla con los labios.

Desilusionada, Maisy trató de justificar su frialdad por el hecho de que él no quería estropearle el maquillaje.

—Estás muy guapo —dijo ella, sin poder contenerse.

—Eso es lo que he dicho yo.

No. No había sido lo que había dicho él. Había dicho «diferente».

—Estoy nerviosa.

—No tienes por qué. Son solo personas.

—Son tus amigos.

—No, Maisy. Principalmente, son invitados. Te divertirás. Te agradecería que no dijeras nada de lo de Kostya, si no te importa. La gente tiene curiosidad, pero no es asunto suyo.

—No comprendo...

—En sencillo —replicó él mientras recogía el gemelo—. No le digas a nadie que eres la niñera.

Alexei le dedicó una sonrisa muy tensa, como si estuviera intentando restarle dureza a sus palabras.

—No. No lo haré. Sería humillante para mí, considerando mis circunstancias ahora.

—¿Vamos a pelearnos ahora, *dushka*? ¿Cuando estamos tan cerca de hacer acto de presencia?

—No, no vamos a pelearnos.

Al ver que él aún no se había puesto el gemelo, se lo quitó y se lo puso en silencio. Sentía su respiración cerca de ella. Le acarició la muñeca con las yemas de los dedos y notó que él contenía la respiración. Aquella era la fuerza que necesitaba. Levantó la mano de Alexi y se la llevó a los labios. Cuando le dio un beso en la palma, se dio cuenta de por qué a él le había costado tanto ponerse el gemelo. Las manos le estaban temblando.

El día anterior le habría preguntado por qué. Aquel día se limitó a sonreír.

—Nadie notará el lápiz de labios en la mano —dijo ella—. Y si se dan cuenta, puedes decirles que es una muestra de afecto de tu amante.

Alexei no corrigió sus palabras.

Capítulo 10

MAISY se había sentido exageradamente arreglada cuando iba de camino al yate, pero al verse entre tanto lujo y junto a los invitados de Alexei, se alegró de haberlo hecho. Algunas de las mujeres que allí había eran verdaderamente hermosas.

Deseaba desesperadamente agarrarse a la mano de Alexei cuando salieron a la cubierta, pero sabía que cualquier signo de vulnerabilidad la dejaría más cerca del fin de su relación. No quería que fuera allí, delante de todas aquellas personas. Alexei se había transformado en un distante desconocido y ella se sentía muy insegura. Volvían a estar donde habían estado semanas atrás, en aquella extraña noche en Londres. Parecía que lo que había ocurrido entre ellos no había sido más que un sueño.

Se quedó atónita cuando él, de repente, apretó el paso y se acercó a un hombre para darle un fuerte abrazo. Luego hizo lo mismo con otro. Las mujeres que les acompañaban le dedicaron una amplia sonrisa y le besaron en la mejilla.

—Hola —le dijo ella de repente a la mujer que estaba más cerca de su lado—. Me llamo Maisy.

—Stefania —respondió ella con una sonrisa. Luego miró a Alexei.

—Maisy, estos son Valery e Ivanka Abramov y Stiva y Stefania Lieven. Maisy Edmonds.

–Alexei no nos ha contado absolutamente nada sobre ti –dijo Stiva mientras miraba a Alexei con curiosidad.

–Bueno, estoy segura de que podremos conocerla ahora –comentó Ivanka. Le guiñó a Maisy el ojo e, inmediatamente, esta sintió que parte de la tensión que tenía en los hombros se evaporaba.

–Tu vestido es precioso –comentó Stefania–. ¿Quién lo ha diseñado?

–No lo sé –dijo ella. Entonces, miró con cierto nerviosismo a Alexei–. Lo siento.

Se sintió fatal. Parecía una idiota. No obstante, las dos mujeres se pusieron a hablar con ella y los dos hombres la miraban y sonreían, como si quisieran hacer que se sintiera cómoda con ellos. A pesar de sus esfuerzos, Maisy sabía que las dos parejas estaban casadas, lo que le hacía sentirse aún más aislada. No dejaban de proporcionarse muestras de cariño constantemente, mientras que Alexei y ella parecían estar separados por un muro inexpugnable.

Después de media hora, Alexei se llevó a Maisy para presentarle a más personas, aunque resultaba evidente que aquellos cuatro eran sus amigos, los que se iban a alojar en la casa. El resto eran tan solo invitados, aunque los fue saludando uno por uno acompañado de Maisy. Cuando le sonreía o la tocaba, ella sabía que tan solo lo hacía por las apariencias.

Todo el mundo quería hablar con ella, por lo que tardó un buen rato en poder sentarse en solitario, protegida del cálido sol por un toldo. Se sentía algo mareada del champán que había estado tomando. No sabía cuánto había bebido, pero solo sabía que su copa siempre había estado llena. La cara le dolía de tanto sonreír.

–Tú debes de ser Maisy –le dijo una mujer alta y es-

belta, que iba ataviada con un vestido blanco casi trans-
parente. Su rostro le resultaba vagamente familiar a
Maisy–. No nos han presentado. Tara Mills.

Maisy aceptó la mano que ella le ofrecía.

–Tenemos en común a Alexei –añadió mientras se
sentaba a su lado, cruzando unas piernas largas y elegantes, con un bronceado perfecto. Maisy escondió las
suyas, tan pálidas, todo lo que pudo–. No te importa,
¿verdad?

Maisy sonrió a la antigua amante de Alexei.

–Necesito otra copa –dijo mirando a su alrededor.

Tara solo tuvo que levantar una mano para que se
acercara un camarero con una bandeja. Como Alexei,
era capaz de detener el mundo con tan solo un chas-
quido de dedos.

Tara levantó su copa y la hizo chocar con la de Maisy.

–Por nuestro mutuo amigo.

–Tal vez sea tu amigo, pero no es el mío –replicó
Maisy sin pensar.

–¿Problemas en el paraíso?

–No –respondió Maisy. Dio un gran trago de champán.

–Tú tienes que ver con el niño de los Kulikov, ¿verdad? –insistió Tara. Dejó su copa sobre una mesa completamente intacta–. Alexei estaba obsesionado con rescatar a esa criatura.

–¿Rescatar?

–Bueno, ya sabes cómo son los de la maldita hermandad. En cuanto se supo el accidente de Leo, todos
quisieron adoptar a ese niño. Alexei ganó. Alexei siempre gana, ¿verdad?

Maisy trató de procesar aquella información. Alexei
era el padrino de Kostya, pero, ¿qué era la hermandad?

–Lo que sí me muero de ganas de saber, y tú me lo

vas a contar, es qué pintas tú en todo esto, Maisy. Un pajarito me dice que eres la niñera, pero eso no puede ser verdad. Alexei tiene demasiada clase como para acostarse con la niñera.

–No lo sé –replicó ella–. Se acostó contigo. No debe de ser muy exigente.

Tara ni siquiera parpadeó.

–Ay, Maisy. ¡Cómo eres! Asegúrate de que te dé acciones cuando te mande a paseo. Duran más tiempo –dijo mientras se ponía de pie–. Solo quiero que sepas una cosa más, Maisy. Hoy estoy aquí porque él me ha invitado.

Maisy derramó el champán y vio cómo le caía sobre el carísimo vestido y convertía su regazo en una oscura mancha. De repente, Ivanka apareció a su lado y le rodeó cariñosamente la cintura.

–Tenemos que limpiar esa mancha. Vamos.

Maisy agradeció el fuerte brazo de Ivanka y el hecho de que ella conociera tan bien el yate. Cuando llegaron a uno de los camarotes, la condujo directamente al cuarto de baño.

–Quítate el vestido. Tenemos que mojar la mancha –dijo Ivanka. Al ver que Maisy dudaba, sonrió–. Eres un amor. Iré a buscar un albornoz.

Maisy se quedó completamente desnuda, tan solo con unas braguitas y los brazos cruzados sobre el pecho. Salió al camarote. Se sentía algo mareada, pero vio que había un hombre en la puerta. Él le dijo algo en un idioma extranjero y Maisy volvió precipitadamente al cuarto de baño y cerró la puerta. Se sentía aterrorizada. No hubiera sido capaz de decir el tiempo que había pasado hasta que oyó que alguien llamaba suavemente a la puerta.

–Maisy, soy Ivanka.

–Había un hombre en la puerta –dijo, tras abrir la del cuarto del baño y ponerse rápidamente el albornoz–. Me vio.

–¿Estás bien? –preguntó Ivanka tras lanzar una maldición.

–Creo que estoy borracha.

–Sí, ya vi a la bruja lanzando su maléfico conjuro. No creas nada de lo que te haya dicho, Maisy. Le ha costado mucho acostumbrarse a la vida sin Ranaevsky.

–Creo que necesito tumbarme un poco –susurró ella. El cuarto de baño había empezado a dar vueltas.

–Bien –dijo Ivanka–. Creo que es mejor que vayamos a la cama. Deduzco que no bebes, ¿verdad?

–No –musitó Maisy mientras se tumbaba en la cama ayudada por Ivanka.

–Pues Tara Mills empujaría a cualquiera al alcoholismo –comentó Ivanka. Había comenzado a acariciarle suavemente las sienes–. ¿Sabes? Yo creo que las elige porque son las mujeres que jamás lograrían llegarle al corazón. Eso te convierte a ti en un milagro. Mi marido Valery, al que conociste antes, fue con Alexei al orfanato.

¿Orfanato? Maisy abrió los ojos de par en par.

–¿Tiene eso algo que ver con la hermandad?

–¿Hermandad? Eso te lo ha dicho Tara, ¿verdad? No hay hermandad. Son solo cuatro hombres, tres ahora que Leo ya no está.

El cerebro de Maisy consiguió pensar. Orfanato en Rusia. Cuatro niños. De repente, la vida de Alexei se presentó ante ella como un libro abierto. Los sueños. La noche anterior. El modo en el que él se estaba comportando aquel día. Tal vez no tenía nada que ver con ella

¿Un orfanato?

Él nunca había hablado de su familia y ella no le había preguntado, temerosa de que él le preguntara por la suya. Deseó haber tenido más valor.

—No lo sabía...

—¿No te lo ha dicho? No me sorprende. Yo no me enteré hasta un año después de casarme. Valery tardó mucho en decírmelo. Se conocieron de niños en un orfanato. Ni te imaginas cómo son los orfanatos en Rusia. Son muy viejos. Según cuentan, Alexei los ayudó a escapar. Vivían en las calles, durmiendo en parques o en los sótanos de los edificios públicos cuando hacía mucho frío.

Maisy se sentó en la cama.

—¿Y nadie hizo nada por ellos?

—No le importaban a nadie. En mi país, los niños sin hogar están por todas partes. Valery dice que si no hubiera sido por Alexei, todos estarían muertos. Tenía instinto de supervivencia hasta con ocho años.

—¿Ocho? ¿Y no tenía padres?

—Sí que los tenía. Su padre se marchó cuando él era muy joven y su madre regresó a casa un día y le dijo que se iba a tomar un pequeño descanso durante unos días y que regresaría a buscarle. No lo hizo nunca.

—¿Qué le ocurrió?

—¿Y quién sabe? Seguramente un hombre nuevo, una oportunidad mejor. Le había estado costado mucho ejercer su profesión con un niño de siete años colgado del cuello.

—¿Su profesión?

—Era prostituta.

Maisy no sabía si debería estar teniendo aquella conversación con Ivanka. Si Alexei se enteraba, pensaría que lo había traicionado.

Su madre lo había abandonado con siete años. Eso explicaba su interés por proteger a Kostya. Quería hacer por él lo que nadie había hecho por él.

–¿Cómo sobrevivían?

–Como podían. Valery y Stiva terminaron en una institución, pero entonces Alexei y Leo tuvieron suerte. Los Kulikov los vieron y adoptaron a Leo.

–¿Y Alexei?

–Ellos tenían otros niños. Decidieron que ya no podían hacer nada por Alexei. Que él sería una mala influencia. Con once años, se ocupaba del contrabando de cigarrillos para un delincuente de la zona. Sin embargo, Alexei siempre fue el más listo. Sabía que terminaría metido en un mundo muy sórdido si no encontraba algo más adecuado. Entonces, los cuatro empezaron con los barcos. Creo un negocio de alquiler de barcos en el lago Ladoga. Solo tenía quince años. Los cuatro empezaron así. Y a ninguno le ha ido mal.

–No sé qué decir...

–No le digas a Alexei que te he contado todo esto porque provocaría muchos problemas entre Valery y él. La muerte de Leo los ha afectado a todos mucho, pero a Alexei el que más. Estaban muy unidos. Alexei lo cuidaba, pero Leo le daba el apoyo emocional que necesitaba y que no encontraba en ninguna otra parte. Ahora, antes de que empecemos las dos a llorar, ¿cómo está Kostya? Me muero de ganas de verlo. Siempre que veíamos a Leo y a Anais, el niño jamás los acompañaba. Sospecho que estaba en casa contigo.

–Sí. Yo he cuidado a Kostya durante dos años.

–Y así os conocisteis Alexei y tú. Eres muy joven para haber criado a ese niño. Siempre me dio la impresión de que Anais no pasaba mucho tiempo en casa. Ella no era una mujer de su casa. Maisy. Yo sí lo soy y estoy encantada de serlo. Tengo dos hijos a los que conocerás esta noche, Por el contrario, tú eres otra cosa...

Maisy guardó silencio. No estaba dispuesta a traicionar a su amiga, pero Ivanka parecía comprender a la perfección la situación.

–Dime cómo os conocisteis Alexei y tú –añadió.

–Me atacó en la cocina de los Kulikov.

Maisy le contó más o menos lo ocurrido aquella noche, omitiendo lo ocurrido en su dormitorio, y cómo se habían marchado a Ravello para luego viajar por todo el mundo.

–Y entonces, me enamoré de él –concluyó simplemente.

Era la primera vez que lo decía en voz alta. No pudo contener las lágrimas. Por ella misma. Por Alexei, pero principalmente por el niño que había sido abandonado por su madre y que había tenido que salir adelante por sí solo. Ivanka le acarició suavemente el cabello hasta que, de repente, una extraña paz invadió el cuerpo de Maisy. Con ella, acudieron también las náuseas. Afortunadamente, consiguió llegar a tiempo al cuarto de baño.

Y allí fue donde Alexei la encontró.

–Está borracha.

Alexei no se lo podía creer. Ivanka le dijo algo en ruso, algo que le hizo quedar en silencio. Maisy se sentó sobre su trasero y cerró los ojos. Estaba completamente segura de que acababa de caer en desgracia.

Como pudo, se puso de pie, y a tientas se acercó al lavabo para enjuagarse la boca. El espejo no fue amable con ella. Estaba muy pálida y su bonito peinado había empezado a deshacerse.

La actitud de Alexei revelaba muy claramente lo enojado que estaba con ella. Ivanka se había marchado

–¿Te encuentras bien? –le preguntó.

–Sí. Ivanka me ha ayudado. Es muy amable.

–¿Cuánto has bebido?

–No lo sé.

–Pero si tú no bebes.

–Hasta hoy, no hacía muchas cosas –musitó ella.

–¿Dónde está tu vestido? ¿Por qué estás desnuda?

–Derramé una copa de champán sobre él. Ivanka se lo ha llevado para que lo limpien. Creo que un hombre estuvo aquí y me vio. Cuando no tenía la ropa puesta.

–Ya lo he oído. Y me he ocupado de ello.

–¿Qué quieres decir?

–Todo el mundo se ha ido. He vaciado el yate.

–Oh...

Alexei se acercó a ella. No estaba enfadado con ella.

–¿Te dijo algo? ¿Te tocó?

–No. Me encerré aquí.

La expresión de Alexei cambió. Entonces, dio un paso hacia ella. Se sentía muy nerviosa. No comprendía por qué él no la abrazaba.

–No lo lamento –dijo él–. Me niego a arrepentirme de lo que ocurrió en Londres, pero lamento que te sintieras maltratada.

Maisy no comprendía nada.

–Yo no me sentí así –respondió mientras se preguntaba por qué volvían a hablar de Londres. Entonces sintió náuseas de nuevo y se abalanzó hacia el cuarto de baño–. Vete –añadió. Comenzó a intentar vomitar, pero ya tenía el estómago vacío. Entonces, sintió las manos de Alexei sobre los hombros–. El glamour de ser tu amante –musitó.

Se limpió la boca con el reverso de la mano. No le importaba nada. Se dejó caer en el suelo. No quería ver el asco que seguramente se estaba reflejando en el rostro de Alexei.

Para su asombro, él se sentó en el suelo a su lado. Maisy vio que su rostro estaba pálido y tenso. Se dio cuenta de que estaba sufriendo. Lo único que había hecho todo el día era preocuparse por sí misma, sus sentimientos, su tristeza. Por fin conocía los de él.

—No te preocupes —susurró—. Estoy aquí...

No debería haber dicho aquello. Alexei se tensó y le ofreció la mano. Cuando ella no la tomó, la levantó como si se tratara de una muñeca. Maisy ni siquiera se molestó en resistirse. Se sentía vacía.

—No estás bien. Tienes que tumbarte —dijo él. Su actitud había vuelto a cambiar de repente. Parecía que ya no sentía nada por ella.

—Quiero bajarme de este barco. Quiero irme a casa.

Alexei la tumbó en la cama. Miró por la ventana, pero no veía nada. Se sentía frío. Llevaba todo el día sintiéndose frío.

Era el diecisiete de mayo. Siempre pasaba aquel día en su yate, rodeado de gente. Ya todos se habían marchado y solo quedaba Maisy, que tenía un aspecto muy pálido y maltrecho. No sabía nada. Él la había llevado todo el día de un sitio a otro, pero en realidad no había comprendido nada de lo que ella había dicho o de lo que le había preguntado.

Sin embargo, no se iba a olvidar de cómo se había sentido cuando uno de sus invitados, el hijo del magnate naviero Aristotle Kouris, había cometido el error de contarle a Stiva que la amante de Ranaevsky estaba completamente desnuda en uno de los camarotes. El miedo se había apoderado de él. Si Valery no hubiera estado allí, habría matado a Kouris. Afortunadamente, la había encontrado sana y salva al cuidado de Ivanka. No había sido atacada, pero Ivanka le había dedicado una extraña mirada que no deseaba analizar en aquellos momentos.

Todo lo ocurrido aquella tarde le había llevado a pensar en Londres. Ella jamás le había invitado a pasar a su dormitorio. Él había invadido su intimidad, se había impuesto a ella y la había tomado. Igual que todos los hombres que entraban en el apartamento de su madre. Le levantaban el vestido, hacían lo que iban a hacer y le dejaban el dinero en la mesa. Dinero para bebida, ropa para ella y drogas. Si no hubiera sido por sus vecinos, él se habría muerto de hambre.

De repente, Maisy se incorporó en la cama y lo miró a los ojos.

—Ivanka me ha contado lo del orfanato.

—Ivanka no tenía ningún derecho a hacer eso —replicó él con dureza.

—Tal vez no, pero tú jamás me lo habrías contado. Alexei, tenías siete años...

Él apartó la mirada.

—¿Qué significa el día de hoy?

Maisy terminó de acercarse a él y le rodeó la cintura con las manos. Temía que él la apartara de su lado, pero no lo hizo. Ella se estrechó contra su cuerpo y apretó la mejilla contra su pecho. Oyó cómo le latía el corazón.

—El diecisiete de mayo es mi cumpleaños.

Así celebraba su cumpleaños. Con una fiesta en el barco. Y nadie lo sabía.

—Ojalá me lo hubieras dicho.

—Es un día cualquiera.

—Pero te hace recordar el pasado.

—Mira, sé que tienes buenas intenciones, *dushka*, pero no necesito esto.

—¿Esto? ¿El qué? ¿Confiar en mí?

—Compasión. Ya soy mayor, Maisy. Haré que te envíen algo de ropa —dijo mientras se daba la vuelta para marcharse.

–No te estoy ofreciendo compasión –afirmó ella–. No te vayas así, Alexei. ¿Por qué no me dejas entrar en tu vida...?

–Maisy...

–En algunas ocasiones, me parece que no sé nada sobre ti –admitió ella–. Valery y Stiva son tu familia, ¿verdad? Deben de quererte mucho y a Leo debes de echarle mucho de menos. Sin embargo, yo estoy aquí. Esta tarde he conocido a Tara Mills. Tenía la estúpida idea de que tus exnovias eran perfectas diosas, pero Tara era solo... fría y distante. Está enfadada contigo. Muy enfadada.

–Yo no la invité, Maisy. Vino con Dimitri Kouris.

Maisy sonrió y se encogió de hombros.

–Sea como sea, no importa, pero me hizo pensar que no podrías haber sido feliz con ella y que, sin embargo, tú habías parecido feliz conmigo hasta hoy.

–Soy feliz, Maisy.

–Pareces tan feliz como yo, Alexei. Eres un hombre maravilloso. Haber llegado hasta aquí desde donde empezaste te convierte en alguien muy especial.

–¿Significa eso que ahora soy tu héroe?

–No. Eres mi novio.

Aquella afirmación le borró a Alexei la sonrisa que se le había formado en los labios.

–No muestres ese aspecto tan preocupado, Alexei. Sé que hoy es un día muy duro para ti y yo no te lo he facilitado, pero me habría gustado que hubieras confiado en mí un poco. ¿A quién se lo habría contado yo? ¿A Kostya?

–Siento haberte aislado.

–No lo has hecho. Ha sido agradable que estemos los tres solos, pero comprendo que no es suficiente para ti. Me gustan tus amigos, o lo que he visto de ellos. Ivanka se ha portado muy bien conmigo.

–¿El qué no es suficiente para mí?

–Que estemos los tres solos. Yo. No me había dado cuenta hasta hoy lo diferente que tu vida debió de haber sido antes de nosotros. Leo y Anais llevaban una vida muy tranquila en casa. Yo no veía este lado de las cosas. En este barco ha habido personas famosas.

–Son solo personas. Y no particularmente interesantes, a pesar de su dinero o de su fama.

–Entonces, ¿por qué las has invitado?

–No tengo ni idea... Ha sido un desastre.

–Siento haberlo estropeado todo. No tenías que haber echado a todo el mundo.

–Tú no has estropeado nada. He sido un necio. El problema es que tú no encajas en esta vida, Maisy. Jamás lo has hecho. Siento que tú hayas tenido un día tan malo. Soy responsable de ello.

–Yo me he puesto en ridículo sin ninguna ayuda por tu parte, Alexei.

–Nadie cree que seas una idiota, Maisy –susurró él. Entonces, le enmarcó el rostro y la besó suavemente–. Te compensaré mañana.

Mañana. El futuro que no tenían.

–¿Adónde vas? –preguntó ella cuando Alexei hizo ademán de darse la vuelta.

–Necesitas ropa, *dushka*, y nos tenemos que ir. Tengo invitados, ¿recuerdas?

Maisy se sonrojó. No había dicho que los dos tenían invitados, sino que los invitados eran suyos. Y que ella le estaba entreteniendo.

–Maisy, esto no es problema tuyo. Es problema mío, ¿de acuerdo?

–No, Alexei. Tiene que ver con nosotros, pero tú no quieres que haya un nosotros. Eres más feliz solo. Vete.

Deja que me vista. Nos espera una larga velada y, en estos momentos, no estoy muy contenta contigo.

Alexei tuvo el buen gesto de bajar la cabeza. Sin embargo, tenía razón. Era un adulto. Ella tenía heridas que lamerse. Y él podía cuidarse solo.

Capítulo 11

MIENTRAS Maisy se vestía, Alexei se marchó al despacho para llamar en privado a Valery a la casa. No había estado allí desde aquel día, cuando todos se habían reunido a bordo del *Firebird* para hablar de Kostya. Parecía que había pasado una eternidad.

Aquella visita a Lantern Square había cambiado su vida irrevocablemente y no había vuelta atrás. Tampoco él deseaba que la hubiera. Maisy lo había cambiado todo.

«Eres mi novio». Aquellas sencillas palabras habían resumido su relación de un modo sencillo. Efectivamente, él se había estado comportando como un novio desde aquel día, en el parque de Ravello. Se había convencido de que sería solo sexo de principio a fin, pero no podría haber estado más equivocado.

«Tú no quieres que haya un nosotros».

No era así. Claro que lo quería. Aquello era precisamente la ironía de aquella historia. Quería una vida con Maisy. Había estado solo tanto tiempo que, simplemente, no sabía lo que hacer al respecto.

Después de que Maisy se diera un agradable baño, Maria le llevó a Kostya. El niño la ayudó a escoger un vestido. El elegido fue el vestido de cóctel que había llevado desde Londres.

El vestido le caía hasta los tobillos, pero era tan ligero que cuando se movía, se le pegaba a la figura como si fuera una segunda piel.

Alguien llamó a la puerta.

–Adelante –dijo pensando que era Maria de nuevo. Sin embargo, era Stefania.

–Vaya, estás guapísima... ¡Ay, el niño! –exclamó al ver a Kostya. Se acercó inmediatamente al niño y lo tomó en brazos–. Es tan guapo... Y a ti se te da muy bien cuidarlo, Maisy. No sé cómo me las voy a arreglar yo cuando tenga uno. Sé que todo el mundo tiene una niñera, pero creo que Ivanka tiene razón. Ella lo hace todo sola.

–Está loca. Todo el mundo necesita ayuda.

–Pero tú has criado a Kostya sola. Alexei nos ha dicho que llevas dos años haciéndolo.

¿Alexei? Maisy estaba dirigiendo aquella información cuando Stefania añadió:

–Necesitas algo alrededor del cuello. Muéstrame tu colección de joyas para que podamos escoger algo.

–Yo no tengo colección de joyas.

–¿Estás de broma? ¿Alexei no te ha abierto las puertas de las mejores joyerías? Voy a hablar con él.

–¡No! Por favor, Stefania. No quiero joyas.

Stefania la miró como si Maisy hubiera dicho que no necesitaba respirar.

–Está bien, pero tienes que ponerte algo, Maisy. Deja que te preste uno de mis collares. Te prometo que no será nada exagerado. Sencillo. Femenino. Es lo que te gusta. Lo noto.

Minutos después, Maisy llevaba un hilo de perlas tan puras que parecían relucirle en el cuello. Stefania sonrió al verla.

Eran ya las siete cuando bajaron. Kostya debería ya

estar en la cama, pero Maisy sabía que los Abramov y los Lieven habían ido a la mansión para ver al niño. Lo llevaba de la mano, vestido con su mejor pijama. Con sus rizos angelicales tenía un aspecto delicioso.

Alexei se quedó boquiabierto cuando Maisy entró en la sala. Kostya iba de la mano de las dos mujeres. Maisy era la elegancia personificada con su vestido blanco. Se había recogido el cabello, de manera que se destacaba los delicados pómulos de su rostro. Sonreía a todos los presentes y contestaba las preguntas que le hacían sobre Kostya. Sus gestos eran elegantes, seductores a pesar de estar sentada de rodillas sobre una alfombra, con un niño de dos años corriendo a su alrededor. ¿Desde cuándo era tan sofisticada? Ella tenía algo que a él le había faltado toda su vida: el valor de entregarse a otros.

No podía dejar de observarla. A pesar del día tan horrible que había tenido, se mostraba alegre y generosa no sólo con Kostya, sino también con sus amigos.

Había sido un completo idiota.

Maisy miraba a Alexei a medida que la velada iba transcurriendo, pero no se acercó a él. Alexei tenía que acercarse a ella, pero, a medida que iba pasando el tiempo, le parecía que aquello no iba a ocurrir jamás.

Después de la cena, Maisy se excusó mientras servían los cafés y buscó la soledad de la terraza. Esperaba que Alexei la siguiera, aunque no podía estar segura de que fuera a hacerlo. Trató de concentrarse en la envidiable vista del mar, pero no podía. «Aprovecha. Tienes los días contados. Esto no va a durar».

—Maisy... ¿Por qué estás aquí sola?

—Solo quería tomar un poco el aire —dijo ella, casi aliviada de escuchar su voz.

–Bien.

Sabía que él no se había movido. Sintió cómo la observaba. El viento había arreciado y se echó a temblar. Tenía los pezones erectos bajo la delicada seda blanca. Se le puso la carne de gallina y se frotó los brazos para hacerse entrar en calor.

Alexei se despojó de su chaqueta y se la colocó sobre los hombros, pero sin tocarla.

–Quiero que hablemos, Alexei.

–No es el momento ni el lugar, Maisy.

–Es una pena, porque yo tengo unas cuantas cosas que decirte –le espetó ella–. En primer lugar, te amo. Estoy enamorada de ti. He sido una estúpida porque otra mujer se habría dado cuenta mucho antes que yo.

Alexei guardó silencio.

–¿Acaso no tienes nada que decirme, Alexei?

–Este amor del que hablas, ¿hizo su aparición después de que Ivanka te contara mi historia o antes? No me irás a decir que te enamoraste de mí cuando entré en la cocina de la casa de Leo y te di un buen susto.

–En este momento, no sé por qué te amo –le dijo ella airadamente–. Tal vez sean los orgasmos múltiples.

Alexei soltó una carcajada.

–Sé que crees que me amas, Maisy –dijo con una fría sonrisa–. Básicamente, soy el primer hombre con el que has tenido contacto íntimo. Es comprensible que te imagines algo así.

–¿Básicamente?

–Sí. Él no te provocó un orgasmo.

–¿Cómo lo sabes?

Alexei se movió tan rápidamente que ella ni siquiera tuvo oportunidad de resistirse. La agarró por los brazos y la besó, exigiendo una sumisión que ella no iba a darle. Sin embargo, la sorpresa ante aquella reacción y el anhelo de estar entre sus brazos la obligaron a responder. Ella lanzó un pequeño gemido y le devolvió el beso.

—Por eso lo sé, *dushka*. Solo yo.

—¿Y cuándo te diste cuenta de eso, Alexei? —preguntó ella mientras se limpiaba la boca con la mano—. ¿Hoy? ¿Ayer? ¿La semana pasada?

—Hace siete semanas. Llevas en mi cama seis semanas y cinco días. Tardé siete días en lanzarme. Algo lento, considerando que podría haberte poseído aquella primera noche en Londres.

Maisy trató de conservar la compostura a pesar de que Alexei nunca antes se había comportado así con ella. Podría haber sido frío, pero nunca desagradable.

—Eso no es cierto... —susurró—. Estás tergiversando la verdad. Estaba tan avergonzada que no podía creer que te hubiera permitido...

—*Da*. Estabas tan avergonzada que, el día que aparecí aquí, te morías de ganas por meterte en mi cama. Debió de ser muy dura tanta espera, *dushka*. Eso explica por qué te calentaste tan rápido en el momento en le que tu espalda tocó ese colchón.

Maisy lo escuchaba con incredulidad. «No lo dice en serio, no lo dice en serio...».

Alexei estaba esperando que ella respondiera, que hiciera algo, pero se mantuvo firme. Entonces, lanzó una maldición en ruso y cortó el aire con un gesto de frustración.

—Así soy yo, Maisy. Soy el que ha puesto tu vida patas arriba, el que te ha empujado a una relación sexual, el que te lleva por todo el mundo, exhibiéndote como una muñeca como si fueras un trofeo. Soy un verdadero canalla, Maisy. Es mi reputación. Pareces ser la única persona de todo el planeta que aún no lo sabe.

—Escúchame. Para tu información, jamás habría dejado que las cosas llegaran tan lejos aquella noche en Londres –rugió ella–. La única razón por la que me he acostado contigo es porque quería hacerlo, porque era todo lo que había soñado y porque tú eras dulce, amable y considerado. Todo lo que afirmas que no eres. Sin embargo, estoy cansado de estar en el exterior de tu vida. Jamás te perdonaré por haberme arrojado en la cara mis sentimientos a menos que te pongas de rodillas y me pidas perdón.

Con eso, se dio la vuelta y se dirigió al interior. Al menos, había dicho lo que pensaba. Lo que ocurriera a continuación dependía de él. Se le ocurrió que sus amigos seguramente habían oído mucho de lo que se habían dicho, pero no le importó. Casi se sintió contenta de haberlo hecho. ¿Qué le importaba lo que pensaban unos desconocidos? Estaba luchando por la vida y por el hombre que deseaba. Se negaba a avergonzarse de eso.

Se sentó y aceptó un vaso de té helado que le ofreció Valery. En ese momento, Alexei entró en la sala con las manos en los bolsillos. Se detuvo junto al sofá y la miró fijamente.

–Maisy, arriba... Ahora mismo.

–No. Sin embargo, si tú eres el canalla que afirmas ser, ¿por qué no me sacas de aquí arrastrándome por el cabello?

Oyó que Stefania contenía el aliento y sintió que Ivanka se sentaba a su lado. Alexei no iba a hacer algo tan primitivo... aunque en realidad no podía estar segura.

Alexei se acercó a ella.

–¿De verdad quieres hablar de esto aquí y ahora?

–Sí. Alexei cree que soy demasiado buena para él –respondió ella en voz alta.

–Sí, por que lo eres –comentó Stiva jovialmente.

–Trató de convertirme en su amante, pero no lo soy. Soy su novia, aunque nunca me ha comprado un ramo de flores.

–Ni joyas –apostilló Stefania.

–No me importan las joyas porque yo le dije que no las quería, pero no dije nada de las flores. Me habría bastado con una única rosa del jardín, o tal vez flores silvestres del campo...

De repente, unas fuertes manos le quitaron el vaso de té y la agarraron por la cintura. La levantó del sofá sin esfuerzo. Maisy le rodeó el cuello con los brazos y dejó que él la transportara. Algo preocupada, lo miró, pero vio que no estaba enfadado. Estaba decidido.

–¿Adónde vamos? –le preguntó, aunque era más que evidente.

–¿Por qué no podemos tener nosotros peleas como esa? –se quedó Stefania en voz alta.

Maisy sospechaba que él le iba a hacer el amor. Solo un milagro habría hecho que él hablara. Maria apareció en lo alto de las escaleras. Maisy trató que Alexei la dejara en el suelo, pero él la retuvo.

–Tengo malas noticias para ti, Alexei –dijo Maria–. El *bambino* quiere a su *mamma*.

Alexei se detuvo en la puerta de la habitación de Kostya, esperando que no le costara mucho calmar al niño. Harían falta muchos meses para convencerlo de que sus padres no iban a regresar. El psicólogo se lo había dicho.

El niño estaba con la niñera que cuidaba de él por la noche. Tenía el rostro enrojecido por el llanto. Alexei se sentía verdaderamente indefenso. No podía comunicarse con Maisy ni proteger a Kostya de todo aquello.

–¡Mamá! –gritó el niño al ver a Maisy mientras saltaba del regazo de la niñera.

Ella lo tomó en brazos y se sentó en una silla. Kostya dejó de llorar casi inmediatamente.

Alexei lanzó una maldición. Había estado ciego. El niño no quería a Anais, sino a Maisy. Ella había ejercido el papel de madre desde el principio.

En la habitación de Kostya todo estaba tranquilo por fin, pero Maisy sabía lo que le esperaba fuera. Ella había provocado aquel enfrentamiento y tendría que enfrentarse a ello, estuviera lista o no. Alexei los observaba cruzado de brazos. Como el niño estaba profundamente dormido, Maisy supo que el momento había llegado.

Después de acostar al niño, los dos salieron de la habitación. Maisy estaba ya a mitad del pasillo cuando escuchó la voz de Alexei.

–No tan rápido...

En aquel momento, Maisy se dio cuenta de que, inconscientemente, había estado tratando de escapar de él. Se detuvo inmediatamente y se dio la vuelta. Alexei se dirigió hacia ella a grandes zancadas. Las temblorosas manos de Maisy se colocaron automáticamente en las caderas.

–Si crees que me voy a meter en la cama contigo para que tú hagas que nos olvidemos de esto y todo siga como antes...

–Eso ya lo hemos hecho, Maisy. Lo que me gustaría saber es a qué ha venido lo del salón. Me refiero a lo de las joyas.

–Siento haberte avergonzado, pero estaba muy enfadada...

–No me has avergonzado, Maisy. Lo que quiero saber es a qué ha venido eso. ¿Qué es lo que quieres de mí? Mañana te traeré joyas. Podrás tener lo que quieras.

–¡No quiero joyas! –explotó ella–. ¿Cómo puedes ser tan cortito?

–¿Cortito? Me dejaste muy claro en París que todo lo que yo te comprara sería como si te estuviera pagando.

–¿Entonces es todo culpa mía? Yo nunca antes he sido la amante de un hombre rico. Perdóname si cometo errores. No me diste el libro de instrucciones –le dijo ella con sorna.

–Tú no eres mi amante. Yo jamás te he tratado como tal.

–Me vistes, me llevas a todas partes en limusinas, me mantienes separada de tu trabajo y, hasta ahora, no había conocido a tus amigos. ¿Qué soy?

–Te estoy cuidando. A ti y a Kostya. Los tres.

–No, Alexei. Solo eres tú. Lo único que haces es protegerte. Te encierras en ti mismo. Eliges mujeres que están contigo por lo que puedes darles. Nunca hay sentimientos. Y Dios santo si alguien se atreve a pedir algo más que eso o se enamora de ti. Tienes miedo de volver a ser vulnerable ante alguien, confiar para ser abandonado de nuevo.

Alexei dijo algo en ruso. El sonido fue tan duro que bastó para ahogar las palabras de la boca de Maisy.

–Yo sé que jamás abandonaría a un niño que me necesitara –insistió ella–. Anais jamás tuvo ningún vínculo con Kostya. Sé lo que es ser abandonado porque vi cómo le ocurría a un niño al que adoro. Eso me empujó aún más a hacer todo lo que podía para cuidarlo. Evidentemente, tú sentías lo mismo, porque fuiste enseguida a buscarlo. Así es como se demuestra amor. Se

ofrece protección. Sin embargo, yo no necesito la tuya.
No tengo dos años. Necesito que te abras a mí y confíes
en que yo no voy a aprovecharme de ti ni a hacerte daño.

–¿Qué es lo que quieres de mí? Dímelo y lo haré.

Alexei aún no estaba preparado para correr riesgos.
Maisy supo lo único que podía hacer. Tenía que dejarlo
y regresar a Londres. Había hecho todo lo que podía hacer que Alexei se diera cuenta de que lo amaba, pero no
sabía si iba a conseguir que él cambiara. Nada de lo que
le había dicho parecía tener efecto alguno. Necesitaba
protegerse emocionalmente para que él no la destru-
yera. Era el único camino hacia delante para los dos.
Significaba que, posiblemente, ella podía perderlo, pero
él no le había dejado elección.

–¿Cualquier cosa? En ese caso, deja que me lleve a
Kostya de nuevo a Londres. Déjame ir.

–Kostya es mi responsabilidad, no la tuya.

–No puedo dejarlo aquí.

Alexei se dio la vuelta. Maisy notó la tensión que
atenazaba su cuerpo.

–Tú eres la única madre que ha conocido –susurró
él en voz baja, como si estuviera hablando solo–. Me
he dado cuenta esta noche.

Maisy sintió que el tiempo se detenía cuando él comenzó a darse la vuelta muy lentamente. La miró fijamente, como desafiándola.

–Considerando todas las cosas, creo que volver a Londres podría ser exactamente lo que necesitas, *dushka*. Sin
embargo, yo formo parte de la vida de Kostya. Mientras
estés con él, no podrás librarte de mí.

–Voy a hacer las maletas ahora mismo –respondió
ella. Tragó saliva–. Me marcho a primera hora de la mañana. ¿Nos puedes organizar el transporte a Kostya y a
mí?

–*Da*, pero esto no se ha terminado, Maisy.

Ella se encogió de hombros. No había nada más que decir, al menos por su parte. A partir de aquel instante, todo dependía de Alexei.

Capítulo 12

MAISY oyó que sonaba el timbre. Aquel día no había programado ningún cliente; por lo que supuso que sería Alice, que llegaba algo antes después de llevar a los niños al colegio. Los ojos le dolían un poco de mirar tanto el ordenador, pero Alice se pondría muy contenta cuando escuchara las buenas noticias. Había conseguido un proveedor de encaje de *Valenciannes* a un buen precio.

Para ella, la pequeña tienda de Alice era un sueño hecho realidad. Tras regresar a Londres, los primeros días habían sido para que Kostya volviera a la rutina y para encontrarle una guardería. Así ella podría empezar a buscar trabajo.

Un día, mientras estaba con las mamás de otros niños de la guardería, conoció a Alice. Como sus hijos ya estaban en el colegio, ella había decidido sacar su negocio de sombreros de señora de Internet para crear una tienda. Maisy vio su oportunidad y la aprovechó. Lo único que tenía que hacer era buscar los materiales, algo de contabilidad y controlar los pedidos tres veces a la semana. Era perfecto.

Así se mantenía ocupada. De hecho, era la primera mañana que se despertaba y no pensaba en Alexei en primer lugar. Por supuesto, había pensado en él muchas veces después, pero solo había pasado un mes desde que se separaron. No esperaba olvidarlo en un futuro próximo.

Además de su trabajo, había establecido un pequeño círculo de amistades a través de las actividades de Kostya. Su vida era sencilla y tranquila, pero le gustaba. Lo de las limusinas, hoteles y mansiones jamás había ido con ella. Si Alexei no formaba parte de su vida, no era porque Maisy no lo hubiera intentado. Le había dicho lo que quería de él. Cada vez resultaba más evidente que él no podía dárselo.

Cuando se dio cuenta de quién estaba en la puerta, estuvo a punto de caerse al suelo. No era Alice, sino el hombre al que llevaba añorando durante cuatro largas semanas. Iba vestido con unos pantalones oscuros y una camisa blanca y tenía el aspecto de lo que era, un hombre cruel y sofisticado, completamente fuera de lugar entre los encajes y las cintas de una sombrerería de señoras. Estaba tan fuera de lugar que resultaba casi divertido.

Casi.

Alexei vio los ojos abiertos de par en par, las mejillas sonrojadas y la sorpresa y decidió aprovecharse de ello inmediatamente. No había razón para perder el tiempo.

Ella estaba tan encantadora como siempre. Sin embargo, no hizo ninguna de las cosas que él habría esperado que hiciera. Se limitó a quedarse inmóvil. No se movió hacia él, pero tampoco se apartó.

No tendría que haberle sorprendido. Había mostrado carácter en los últimos días que los dos habían compartido. Se había enfrentado a él cuando pocos hombres se atrevían a hacerlo. Además, al contrario de casi todas las mujeres que había conocido, no había utilizado el sexo para manipularlo. Le había dado un ultimátum y no se había echado atrás. Alexei jamás se había imaginado que tenía tantas agallas. Lo único que él había visto era la joven dulce y cariñosa de la que se había enamorado a primera vista.

–Alexei...

–Hola, Maisy.

–¿Qué estás haciendo aquí?

–He ido a Lantern Square para comprobar la seguridad.

Aquello no era lo que Maisy había esperado que él dijera.

–Hice que la cambiaran mientras vosotros estabais conmigo en Ravello –añadió.

–En realidad, no creo que sea necesario –dijo ella, tan fríamente como pudo–. No creo que Kostya esté en peligro

–No se trata solo de Kostya, Maisy. También quiero que tú estés segura.

–¿Yo? ¿Y por qué iba alguien a querer hacerme daño a mí?

–No creo que nadie quiera hacerte daño. Solo... –se interrumpió y se mesó el cabello con la mano. Entonces, sonrió–. Estoy haciendo lo que tú dices que hago. Estoy demostrándote lo mucho que te quiero protegiéndote.

Maisy se alegró de tener una mesa detrás. Si no, se habría caído.

–Maisy, te suplico que me perdones. Quiero que Kostya y tú vengáis conmigo a Ravello, donde los dos debéis estar. Quiero que seamos una familia.

Maisy se humedeció los labios. La boca se le había quedado seca.

–¿Y has tardado casi cuatro semanas en decidir esto?

–¿Tan difícil te ha sido estar sin mí?

–No –mintió ella.

–Yo no he podido ni respirar –confesó él–. Me duele cada vez que lo hago.

«A mí también».

–Cuatro semanas, Alexei.

–Y mira lo que tú has hecho con ese tiempo.

Alexei sonrió. Maisy quiso sonreír también, pero no se atrevía a hacerlo por el momento.

–Tenías miedo de amarme –se atrevió a decir.

–Pocas cosas me dan miedo, *dushka,* pero contigo fue diferente desde el momento en el que nos conocimos –confesó, tan sinceramente que ella no pudo evitar acercarse a él–. El día del yate, todo se desmoronó. Cuando viajábamos juntos, resultaba más fácil mantenerte oculta. Sé que te sentiste marginada, pero eso no era lo que yo pensaba. Tú me pertenecías, a mí, no al hombre de negocios. No quería dejar que entrara el aire en aquella atmósfera estanca que teníamos. Todo era demasiado valioso para mí.

–Ojalá me lo hubieras dicho...

–Ni yo me había dado cuenta de eso. Me dejaba llevar por el instinto, pero sabía que no era justo contigo. Por eso, decidí usar el *Firebird* como una presentación.

–Aunque yo era tu amante a ojos de todo el mundo.

–Ninguna de las personas importantes pensaba eso. Todos los que tuvieran ojos en la cara podían ver claramente lo mucho que te amaba.

Había dicho que la amaba. Maisy le colocó una mano sobre el torso.

–Comprendí que te estaba alejando cuando lo único que quería era intimidad. Simplemente no sabía cómo protegerme a mí mismo y, al mismo tiempo, tenerlo todo contigo. Supe que había cometido un grave error, pero eso significaba volver a evaluar todo lo que conocía. Cuando Leo murió, me sentí perdido. Entonces, te encontré y todo pareció encajar de nuevo.

Alexei no había dejado de mirarla a los ojos. Su sinceridad estaba dificultando que Maisy pudiera responder. Además, necesitaba escucharlo todo. Desesperadamente.

—Al verte con Kostya, al ver que has sido como una madre para él desde que nació y luego ver cómo te abrías conmigo... Los dos tenemos mucha suerte de tenerte en nuestras vidas. Simplemente, me costó un poco acostumbrarme y tú no hacías más que presionarme. Sin embargo, me alegro que lo hicieras. Conseguiste que yo me enfrentara a algunas verdades. Entonces, cuando tú me dejaste claro lo que querías, comprendí que me había estado engañando.

—No creí que tuviera mucho que perder —confesó ella—. Me habrías apartado de todos modos. No querías que yo te amara.

Alexei le enmarcó el rostro entre las manos.

—Te aseguro, Maisy, que no tenía intención alguna de perderte.

—Pues me enviaste de vuelta aquí.

—Tú lo pediste. Te di lo que querías.

—Si te hubieras opuesto a mí, te habría odiado —admitió ella—. Necesitaba volver a encontrarme, Alexei. Necesitaba ver si podía salir adelante sola.

—Pues lo has conseguido. Tienes un trabajo.

Alexei extendió la mano y le enredó un dedo a través de los rizos.

—Y ahora, yo he venido a buscar lo que quiero.

—Pareces estar muy seguro de ti mismo —susurró Maisy.

—*Da,* pero te gusto así, *dushka.*

–Mandón.

–Te gusta que me haga con el mando, que no te dé elección.

Se inclinó sobre ella y la besó. La ternura que mostró hizo que Maisy se rindiera totalmente.

–Sin embargo, ahora puedes tenerlo todo, Maisy. Puedes regresar conmigo, formar una familia a mi lado, compartir tu vida con la mía... Puedes tenerlo todo, *dushka*.

Maisy le agarró la pechera de la camisa y se la arrugó completamente.

–Quiero estar contigo, Alexei.

Era un eco de otro momento, de otro lugar. Alexei lo reconoció inmediatamente. A lado de la fuente del jardín, cuando los dos habían comprendido el impacto de lo que podría significar estar juntos.

Alexei le hizo soltar las manos suavemente. Entonces, se arrodilló ante ella y la miró.

–Te amo, Maisy Edmonds. ¿Me harías el honor de convertirte en mi esposa?

Maisy permaneció mirándolo durante lo que le pareció una eternidad. Alexei estaba enamorado de ella. Quería casarse con ella.

–Sí. Lo haré encantada –respondió ella, con una enorme sonrisa en el rostro.

Al ver el enorme anillo que él se había sacado del bolsillo, tragó saliva.

–Respira profundamente. Sé que no te gustan mucho los diamantes –murmuró él.

Se lo deslizó lentamente en el dedo. Encajaba casi a la perfección.

–Es tan hermoso –musitó–. Eres tan hermoso...

–Eso debería decirlo yo, *dushka*.

Volvió a ponerse de pie y la tomó entre sus brazos.

El alivio que se reflejaba en su rostro resultaba casi tan emotivo como aquella dulce proposición de matrimonio, tan a la antigua usanza. Maria le había dicho en una ocasión que, a pesar de las apariencias, Alexei era un hombre muy tradicional, pero ella no había querido escucharla.

A Alexei sí lo estaba escuchando.

—Te amo, Maisy —dijo él con voz sincera sin dejar de mirarla a los ojos—. Vayámonos a casa.

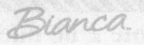

Ella tenía lo único que él deseaba:
un heredero para la familia Zavros

Las revistas del corazón solían dedicar muchas pági-
nas al magnate griego Aris
Zavros y a la larga lista de
modelos con las que com-
partía su cama.

Tina Savalas no se parecía
a las amigas habituales de
Ari, pero aquella chica normal escondía el más es-
candaloso secreto: seis
años atrás, había acabado
embarazada después de
una apasionada aventura
con Ari.

Al conocer la noticia, Ari
solo vio una solución: la
inocente Tina sería perfecta para el papel de dulce
esposa. Y, aparentemente,
contraer matrimonio en la
familia Zavros no era una
decisión... era una orden.

Una oferta incitante

Emma Darcy

Acepte 2 de nuestras mejores novelas de amor GRATIS

¡Y reciba un regalo sorpresa!

Oferta especial de tiempo limitado

Rellene el cupón y envíelo a
Harlequin Reader Service®
3010 Walden Ave.
P.O. Box 1867
Buffalo, N.Y. 14240-1867

¡Sí! Por favor, envíenme 2 novelas de amor de Harlequin (1 Bianca® y 1 Deseo®) gratis, más el regalo sorpresa. Luego remítanme 4 novelas nuevas todos los meses, las cuales recibiré mucho antes de que aparezcan en librerías, y factúrenme al bajo precio de $3,24 cada una, más $0,25 por envío e impuesto de ventas, si corresponde*. Este es el precio total, y es un ahorro de casi el 20% sobre el precio de portada. ¡Una oferta excelente! Entiendo que el hecho de aceptar estos libros y el regalo no me obliga en forma alguna a la compra de libros adicionales. Y también que puedo devolver cualquier envío y cancelar en cualquier momento. Aún si decido no comprar ningún otro libro de Harlequin, los 2 libros gratis y el regalo sorpresa son míos para siempre.

416 LBN DU7N

Nombre y apellido	(Por favor, letra de molde)
Dirección	Apartamento No.
Ciudad	Estado Zona postal

Esta oferta se limita a un pedido por hogar y no está disponible para los subscriptores actuales de Deseo® y Bianca®.
*Los términos y precios quedan sujetos a cambios sin aviso previo.
Impuestos de ventas aplican en N.Y.

SPN-03

©2003 Harlequin Enterprises Limited